季語の科学

地球科学者
尾池和夫

淡交社

夏

秋

冬

はじめに

季語がおもしろいと思っている方に読んでいただきたいと、この本を書いた。この本は季語を批判するものではない。季語を知って俳句を読む、あるいは俳句を詠むための本である。

片山由美子は『季語を知る』（角川選書、二〇一九年）で、「季語は意味ではなく言葉である」と述べ、「歳時記の矛盾や季節のずれを指摘しようとすればいくらでもできるが、合理性が最優先される世界ではない。現実とのずれを承知の上で、むしろ楽しむゆとりがほしい。南北に長い日本列島の季節の違いは誰もが承知しており、いっせいに春になるはずはないのである。むしろ文学上の共通の時間を持つために、歳時記があると思えばよいのではないだろうか」と言う。

宇多喜代子は『古季語と遊ぶ』（角川選書、二〇〇七年）で、「前へ前へと長足の変化を遂げている今という時だからこそ、この国の言葉文化の粋ともいえる季語の来し方に思いを馳せることも大事だと思う」と言う。

これらの考え方に賛同し、科学者の立場から、季語を考察することで、季語を知るために役立つことがあるかもしれないというのが、この本の動機となった。

地球科学を専門とする私は、かつて「天地人研究会」と「ジオ多様性研究会」を主宰し、広い分野の専門家を集めて議論を繰り返した。互いの専門領域の話を理解しながら議論を深めることで、新しい研究分野を展開していこうという趣旨であり、また、日本列島の大きな特徴である、地形や地質の細かい分布による多様性を分析して、そこから浮かび上がる日本の文化の特徴を知ることを目的とした。

また、京都大学総長と京都芸術大学学長をつとめたおかげで、科学と技術と学術と芸術の世界に触れ、多くの専門家との出会いから、さまざまな知にふれる機会に恵まれた。この本のあちらこちらに、その成果が現れている。

京都で生まれた季語の中には、京都でしか詠めない季語がたくさんある。川床《ゆか》、祇園会《ぎをんゑ》、大文字《だいもんじ》、時雨《しぐれ》などである。京都の祭事を綴った『季語になった京都千年の歳事』（井上弘美、KADOKAWA、二〇一七年）には、これらが描かれている。京都盆地になぜ都がおかれ、しかも世界的にめずらしい城壁のない都が永く栄えたかということにも、その大地のしくみが深くかかわっている。

日本全体の年中行事の代表は季節の節目ごとの節句である。人日《じんじつ》、上巳《じょうし》、端午《たんご》、七夕《しちせき》、重陽《ちょうよう》の五節句で、古代中国で陽である奇数の重なる日に設定された。日本でも宮中と貴族社会で行われていた節句が、江戸時代には式日に制定された。五節句の他に二十四節気《せっき》がある。太陽の黄道上の位置によって二四等分された約一五日ごとの季節区分であり、一年が一二の中気《ちゅうき》と節気に分類され、立春、夏至、秋分、冬至などの名がある。農作業で季節を正しく知るために、中国の戦国時代に生まれ、日本では江戸時代から広く使われてきた。とりわけ季節感のある京都で、二十四節気が、自然との共生の文化として育てられた。また、節分などの季節の変わり目を示す雑節《ざっせつ》があり、生活や農作業と連動して日本独自の文化が育てられてきた。

宮坂静生は、著書『季語の誕生』（岩波新書、二〇〇九年）で、季語は時代とともに変わり、地域による季節感と合わないために、歳時記にとらわれると実景がおろそかになり、季語の見直しも必要と述べている。季語の成立経緯をたどり、平安貴族による都中心の季語の本意をひるがえした芭蕉こそ、季語変革の先駆者と位置づけている。

季節感の基になる緯度に関しては、長安、平安京、江戸の緯度がほとんど同じ北緯三五度あたりであるから、季節感が共通する。経度については時刻の概念が重要で、時についての最古の記録は『日本書紀』にある「漏刻《ろうこく》」である。一昼夜を一二等分していたようで時刻に十二支をあてはめて呼んだ。一昼夜を二四等分したのが定時法、昼と夜を季節によって等分したのを不定時法と呼ぶ。奈良・平安時代は定時法、鎌倉・室町時代は不定時法、江戸時代は両方であった。

一八七二（明治五）年一二月三日（太陽暦明治六年一月一日）から太陽暦で定時法と時刻制度が定められた。

それぞれの項目を深く理解するためには、例えば図鑑を調べ、それぞれの分野を深めた研究者が書いた論文を検索してほしいと思う。

この本では必ずしも、歳時記のように季節順に季語を並べてはいない。他の季節の関連する季語を、同じページに比較して解説してある。季語は文語体で編集されている。各項目の季語には文語体の仮名表記が右側に載せてあり、その傍題のルビおよび索引は現代仮名遣いで表記してある。

カラー頁「四季のアルバム」と本文中に挿入した写真のほとんどは、京都造形芸術大学（現・京都芸術大学）の卒業生で写真家の高橋保世さんの熱意によるものである。また、大石高典、植田壯一郎、野辺一寛ほか、日本ジオパークの関係者の協力によって提供されたものもある。

凡例

○見出し季語に続く〈　〉には、見出し季語の傍題を載せています。

○見出し季語に次いで◆より始まる行は、見出しに関連する季語、または本文で特に言及されている季語です。それに続く〈　〉には、関連季語の傍題を載せています。

○見出し季語には文語体のよみを表記し、それ以外の季語には現代仮名遣いでルビを振っています。

春

日永《ひなが》

〈永《なが》き日《ひ》・永日《えいじつ》〉三春　時候

◆短夜《みじかよ》〈明易《あけやす》し・明早《あけはや》し・明急《あけいそ》ぐ〉三夏　時候

夜長《よなが》〈長《なが》き夜《よ》・夜長《よなが》し〉三秋　時候

春分を過ぎると夜よりも昼の時間が長くなり始め、気持ちがのびやかになる。最も昼が長いのは夏至《げし》前後であるが、冬の短日《たんじつ》の後、春分を過ぎた頃が日が長くなったという実感が強い。逆に夜長は、秋分が過ぎて昼よりも夜が長くなり、気分的に夜の長さが身にしみるとともに夜業や読書にはげむ。大伴家持《おおとものやかもち》の歌にも「都に秋の夜の長き」という言葉がある（『万葉集』）。「夜長」が秋の季語で「日短《ひみじか》」は冬の季語であるのが面白い。京都の蒸し暑い夏から涼しくなることを喜ぶ一方、暖かな昼を惜しむのが日短である。

短夜（明易し・明易）は最も日が長くなる夏至の頃の季語である。夏は夜が短く、暑さで寝苦しいのでたちまち朝になる。明けやすい夜を惜しむ心は、ことに後朝《きぬぎぬ》の歌として古来詠まれてきた。

夜の時間の長さは、太陽と地球との位置関係で季節によって変化する。夜が最も短いのは、北半球では六月二二日頃、つまり夏至である。例えば、二〇二〇年の夏至は六月二一日で、この日の日出は、札幌で三時五五分、鹿児島では五時一三分、日入りは札幌で一九時一八分、鹿児島では一九時二六分である。この日の日照時間は札幌で一五時間二三分、鹿児島では一四時間一三分である。夜の時間が札幌で八時間三七分、鹿児島でも九時間四七分であって、いかに夜が短いかがわかる。

かつて、夜は一日のはじまりであった。日没から一日が始まった。「あした」は翌日ではなく「朝、夜明け」であった。日没から翌朝までが一連の時間と意識されていた。夜は百鬼夜行、神々の時間であった。その時間が過ぎて朝、人の時間がやってきた。短夜には、日本人が体験した夜のさまざまな記憶がうち重なっている。

犬の仔を見せあつてゐる日永かな　石田郷子
常世なる長鳴鶏の夜長かな　長谷川櫂
比良の水引きて軒端の明易し　右城暮石

立春《りっしゅん》

〈春立《はるた》つ・春来《はるく》・立春大吉《りっしゅんだいきち》〉初春　時候

二十四節気《せっき》の最初が立春である。節気には三つの意味がある。天文学で定義された時刻としての節気は一瞬である。暦ではその瞬間を含む日をさしたり、次の節気（立春なら雨《う》水《すい》）の前日までの期間をさす。立春から立夏の前日までが春で、寒さの頂点を過ぎた立春から、時候の挨拶に「余寒《よかん》」を使う。

雑節《ざっせつ》の八十八夜、二百十日、二百二十日までの日数を数える第一日目という役目も立春にある。立春から春分の間に、その年に初めて吹く南寄りの強い風を春一番と呼ぶ。節分はもともと立春、立夏、立秋、立冬の前日をさして季節の分かれ目を意味していたが、現在は立春の前日だけが暦に記されている。

二十四節気が生まれた中国内陸部では、大陸性気候でこの時期は気温が上がり始めるが、海に囲まれる日本列島では、立春の頃に寒気や荒天になることが多く、南岸低気圧の発生も多くなり、豪雪になる年もある。

立春の米こぼれをり葛西橋

石田波郷

一九四七年、ニューヨークと上海と東京で、大がかりな実験が行われた。そのことは、中谷宇吉郎《なかやうきちろう》『立春の卵』にくわしい。この場合の立春は、場所によって異なった時刻であり、その時、中国の古書にある通り、実際に卵が立ったという記事が新聞に載った。

立春は、冬至と春分の真ん中であり、暦の上では冬と新春の境い目にあたり、この日から春になる。禅寺では立春の早朝、門に「立春大吉」と書いた紙を貼る。江戸時代、京都では正月に、恋文の代筆である懸想文《けそうぶみ》売りがいたが、今でも須賀《すが》神社では立春の前日である節分に、覆面の懸想文売りが現れる。

太陰太陽暦では雨水を含む月を正月とする。立春は朔《さく》とは無関係で、旧暦の元日に重なる機会は少ない。重なると「朔旦立春《さくたんりっしゅん》」と呼ばれ、特に縁起がよいとされる。次の機会は二〇三八年、南海トラフの巨大地震が起こる時期と予測された年にあたっている。

春分《しゅんぶん》

〈中日《ちゅうにち》〉仲春 時候

◆夏至《げし》 仲夏 時候　秋分《しゅうぶん》 仲秋 時候　冬至《とうじ》 仲冬 時候

春分、秋分、夏至、冬至《とうじ》などの季語の時期は、すべて太陽と地球の位置関係で決まる。春分は、三月二一日ごろで、清明《せいめい》までの期間も春分と言う。太陽黄径〇度を春分点という。啓蟄《けいちつ》から数えて一五日目ごろである。地球の赤道を延長した天の赤道と、太陽の通り道である黄道が交差したところが黄径〇度である。春分は、太陽が黄径〇度（春分点）に到達した瞬間のことと定義され、太陽が真東から昇って真西に沈み、昼と夜の長さがほぼ同じになる。春分から夏至まで、昼の時間がだんだん長く、夜が短くなる。

春分と同様に、秋分では昼夜の長さが等しくなると説明されるが、実際は昼の方が夜よりも長い。日本付近では、平均すると昼が夜よりも約一四分長い。これにはいくつかの理由がある。まず、大気による屈折《くっせつ》で太陽の位置が実際より上に見えるので、その分、日出が早く、日没が遅くなる。国立天文台では、太陽が地平線付近にある時の屈折角度を三五分八秒と見積もって、計算される日出と日没の時間の差を約二分二〇秒としている。

次に、太陽の視直径が関係する。太陽の上端が地平線と一致した時刻を、日出あるいは日没と定義しているために、太陽の半径の分だけ日出が早く、日没が遅くなる。これによる日出と日没の時間の差は約一分五秒である。また、一日の間に太陽の黄経が変わるため、秋分日のいつがその瞬間になっているかによって、昼夜の長さに差が出る。実際に昼夜の長さの差が最も小さくなる日は、秋分の四日ほど後になる。

北極点か南極点にいると、秋分の太陽は地平線と重なって動き、昇りも沈みもしない。

日本では、春分と秋分の三日前から七日間を、それぞれ春の彼岸《ひがん》、秋の彼岸としており、春分、秋分は「彼岸の中日」と言う。彼岸は、日本独自の行事である。春分は官報で発表される。祝日の春分の日は前年の二月一日に国立天文台が官報で発表する「春分日」を基準にして決められる。

黒い牛歩く春分の日が真上　有馬朗人

秋分やいそしむこころやうやくに　岩城久治

朧月《おぼろづき》

〈月朧《つきおぼろ》・朧月夜《おぼろづきよ》・朧夜《おぼろよ》〉三春　天文

◆春《はる》の月《つき》〈春月《しゅんげつ》・春月夜《はるづきよ》・春満月《はるまんげつ》・春三日月《はるみかづき》〉三春　天文

朧《おぼろ》〈草朧《くさおぼろ》・谷朧《たにおぼろ》・岩朧《いわおぼろ》・鐘朧《かねおぼろ》〉三春　天文

霞《かすみ》〈春霞《はるがすみ》・朝霞《あさがすみ》・夕霞《ゆうがすみ》・遠霞《とおがすみ》・薄霞《うすがすみ》・棚霞《たながすみ》・霞《かす》む〉三春　天文

朧に霞んだ春の月が朧月で、薄絹に隔てられたような柔らかさを感じさせ、古歌にもしばしば詠まれた。朧夜は朧月夜を略した語である。風情を楽しむのが春の月である。春は大気中の水分が増加して万物が霞んで見える。そのような現象を、昼は霞といい、夜は朧という。

霧、靄《もや》、霞、朧などの違いを整理すると、霧や靄と呼ぶ現象は、空の雲と同じことが地面に近い場所で起こる現象である。空気が冷えた場所の水分が空気中にとどまることができる限度に達したとき霧や靄が発生する。そのとき視界が曖昧となる。

その現象の呼び方は、気象学的視点と文学的視点がある。気象学的視点では、景色が見えにくい状態を霧と呼び、目視の範囲が一キロ未満の状態の場合に「霧」、この範囲が一キロから一〇キロまでに拡大されると「靄」と呼ぶ。気象学的な霧は条件があれば時間や場所を問わずに発生する。

文学的な視点では、夜に出た霧は「朧」と呼ぶことがある。霧と同じものである朧は気象用語にはなく文学的表現である。朧に似た情景を指す言葉に「霞」がある。霧に対して幻想的な響きの言葉に感じられる。「霞」も気象用語にはない。春は大気中の水分が増えることによって、空の色、野面、山谷など遠くのものが霞んで見えることがある。横に筋を引いたように棚引く霞を棚霞という。「草霞む」「山霞む」「鐘霞む」なども用いられる。

春霞は、黄砂《こうさ》、煙などに覆われた空にも使う（25頁）。「花曇《はなぐも》り」という言葉もあり、桜の咲く頃の曇りをいうが、これも「通俗的な用語のため予報、解説には用いない」と気象庁の説明にある。

外にも出よ触るるばかりに春の月　　中村汀女

陽炎《かげろふ》

〈糸遊《いとゆう》・遊糸《ゆうし》・野馬《かげろう》・野馬《やば》・かぎろい〉三春 天文

強い風がなく日差しが強い日、地上に沿って遠くを見たとき、遠くにあるものがゆらゆらと揺らぐように見える現象をいう。春になって現れ始めることから春の季語とされているが、年間の頻度から見ると夏に多く見られる気象現象である。道路が舗装されたために現代では見る機会が増えている。

通常は直進する光が、異なる密度の空気がある場所では密度の高い方へ屈折して進む。観測の対象となる景色や物体と観測者との間に、異なる密度の空気が隣り合っている場所があると、そこを通過する光は直進とは異なる経路をたどるために、景色や物体が通常とは異なる見え方をする。光学では、このような原理で揺らぎができることを「シュリーレン現象」と呼ぶ。

大気では温度変化で空気の密度が変わり、温度の異なる大気が隣り合っている場合、光は冷たい空気の方へ曲がる。風が弱いと滞留している大気が暖まり、密度が小さくなって上昇し、周りの冷たい大気と混ざって、乱流的な上昇気流が発生する。この部分を通る光が屈折されて陽炎が見える。

逃げ水は地鏡《じかがみ》とも言われ、路面などで遠くに水があるように見える現象であり、蜃気楼《しんきろう》は水上の物体が浮き上がって見えたり、逆さまに見えたりする現象である。いずれも空気の密度の違いが生み出す現象であるが、現れる位置と見える物の違いで分かれる。

糸遊は「かげろう」と読むことがある。小さい蜘蛛《くも》が草の上などで風が吹くと糸を跳ばし、風に乗って移動する様子をさす。この蜘蛛の糸も晩秋と早春に多く見られる現象で、雪国では「雪迎え」「雪送り」と呼ぶこともある。風に乗る蜘蛛の姿は小さくて目立たず、糸だけが陽にきらめきながら揺れる。これが陽炎と同じ現象だと見たのである。中国にも似た表現があり「遊糸」と書く。

石段の陽炎をふむ卵売り

川崎展宏

東風《こち》

〈朝東風《あさごち》・夕東風《ゆうごち》・強東風《つよごち》・荒東風《あらごち》・雲雀東風《ひばりごち》・鰆東風《さわらごち》・梅東風《うめごち》・桜東風《さくらごち》〉三春 天文

◆春風《はるかぜ》〈春風《しゅんぷう》・春の風《はるのかぜ》〉三春 天文　春一番《はるいちばん》〈春二番《はるにばん》・春三番《はるさんばん》〉仲春 天文
貝寄風《かいよせ》 仲春 天文　涅槃西風《ねはんにし》 仲春 天文

東風は東から吹いてくる風のことである。この風が吹くと暖かくなる。春を知らせる風であるが、漁師には時化《しけ》をもたらす風である。古くは風を「ち」「し」と発音した。立春を過ぎて最初の強い南風を気象用語で春一番と呼ぶ。春風、風光る、桜まじなどの風の季語が登場して春らしくなる前に、春一番から始まって、東風、貝寄風、比良八荒《ひらはっこう》、春疾風《はるはやて》、涅槃西風の季語が続き、海に囲まれた日本列島の各地域の気象現象をよく現している。多様な日本列島の地形による気象から、その土地ならではの季語が風には特に多いことを心得ておいて、他の地域で詠むべきではない。

春風は、暖かくのどかに吹く風である。東風は、東から吹くやや荒い早春の風。強東風はその激しいさまである。貝寄風は、旧暦二月二〇日前後に吹く強い季節風。旧暦二月二二日に行われた、大阪四天王寺《してんのうじ》の聖霊会《しょうりょうえ》の舞台に立てる筒花を、この風で吹き寄せられた貝殻で作ったことに由来する。涅槃西風は、涅槃会《ねはんえ》（旧暦二月一五日）前後に吹く西風で、俗に西方浄土からの迎え風というが、この風が吹くと寒さが戻ると言われている。また春の彼岸のころにあたることから彼岸西風とも言われる。春疾風は、春の強風、あるいは突風をいう。

一八五九（安政六）年二月一三日長崎県壱岐《いき》の漁船の転覆で五三名の死者が出た。以来、春の最初の強い南風を壱岐で春一とか春一番と呼ぶようになった。郷《ごう》ノ浦《うら》港近くに「春一番の塔」がある。民俗学者・宮本常一《みやもとつねいち》がこの壱岐の春一番を『俳句歳時記』に載せて広まったともいうが語源には諸説がある。

春一番は毎年かならず観測されるというものではない。関東地方では最近三〇年で五回「発生せず」となっている。

夕東風につれだちてくる佛師達　田中裕明

春一番言霊のごと駆け抜けし　原　裕

霾《つちふる》

〈霾《ばい》・霾《よなぐもり》・霾風《ばいふう》・霾天《ばいてん》・黄砂《こうさ》・黄沙《こうさ》〉三春 天文

黄砂は古くからあり、中国の黄土高原には、厚さ二〇〇から三〇〇メートルの堆積層《たいせきそう》を造った。日本への黄砂は、タクラマカン沙漠、ゴビ沙漠、黄土高原からくる。九州での黄砂の堆積は数メートルにもなり、沖縄の赤土の多くも黄砂由来である。世界一のサハラ砂漠から飛来する砂は「紅砂」と呼んで区別する。黄砂も紅砂も、一二から一三日間で世界一周すると言われている。

黄砂の発生や飛来は、発生域の強風の程度に加えて、地表面の植生、積雪の有無、土壌水分量、地表面の土壌粒径《りゅうけい》、上空の風の状態によって大きく左右される。黄砂粒子は大気中に舞い上がると、粒径が一〇マイクロメートル以上の大きな粒子は速やかに落下し、粒径が数マイクロメートル以下の小さな粒子は遠くまで運ばれる。

東アジアが起源の黄砂粒子が太平洋を横断して、北米やグリーンランドへ輸送されたという報告もある。

日本の昔の歌に詠まれた春霞は、ほとんどの場合黄砂である。朧月夜も黄砂が原因で起こる（18頁）。

黄砂は二月から五月に、特に四月に多く、夏に最小となる。ライダー装置による黄砂観測を環境省が行い、黄砂飛来情報を午前六時ごろ発表する。この情報を得て、黄砂の句を詠みに出かけることができる。

霾という字も、火山灰と書いても「よな」と読む地域がある。黄砂も火山灰も、大地や海を豊かにするが、一方で災害も起こす。黄砂による災害では、中国で死者八五名という直接的被害が記録されたことがある。

火山灰も黄砂も元来はきれいなものである。火山灰や黄砂によって生み出された肥沃《ひよく》な土地の恩恵を受けて、私たちは大地の産物を味わってきた。中国から飛来する黄砂が、汚染物質を含まない本来の黄砂に早く戻ってほしいと願う。（カラー129頁）

つちふるや大和の寺の太柱

大峯あきら

春雷《しゅんらい》〈春《はる》の雷《らい》・初雷《はつらい》・虫出《むしだ》しの雷《らい》・虫出《むしだ》し〉三春 天文

◆雷《かみなり》 三夏 天文（74頁）　稲光《いなびかり》 初秋 天文　冬《ふゆ》の雷《らい》 三冬 天文

春雷は春に鳴る雷で、夏の雷と違って一つ二つで鳴り止むことが多い。初雷は立春後初めて鳴る雷のこと。気圧が不安定な啓蟄のころよく鳴るので、虫出しの雷、あるいは単に「虫出し」と呼ぶ。雹《ひょう》を降らせることがたまにあるが、夏の雷のような激しさは起こらない。虫出しとは、冬の間みかけなかった冬眠中の生き物が動き出す合図という意味である。

春は前線をともなった低気圧が日本付近を頻繁に通過する。さらに大陸からの冷たい気流が南下して、低気圧にともなう暖かい気流と合流すると、低気圧の急速な発達、あるいは前線活動の活発化が起こる。寒冷前線にともなう雲の中で雷が発生する。風が強まり地上付近の気温が低いために、雹が降ることがある。

稲妻は、空中の放電現象によるもので、雷が夏の季語なのに対し、稲妻が秋の季語となっている。それは稲を実らせると信じられているからである。寒雷《かんらい》は、冬に鳴る雷で、大陸からの寒冷前線が日本列島を通過する際、大気が不安定になって発生する。空中放電により、空気中の窒素《ちっそ》と酸素が反応して窒素酸化物が生成される。窒素固定という現象で、さらに酸素により硝酸《しょうさん》になり、亜硝酸塩が生成されて植物の栄養分となる。

雷の発生原理はさまざまな説があって正確には解明されていない。上空と地面の間、または上空の雷雲内に電位差が生じた場合の放電により起きると言われている。私も雷の電波を自分で観測していたことがあるので、低気圧や前線などの荒天時に発生することが多く、台風では発生しにくい傾向だということを知っている。

地表で大気が暖められて発生した上昇気流は、湿度が高いほど低層から飽和水蒸気量を超えて水滴が発生して雲となり、気流の規模が大きいほど高空にかけて発達する。この水滴は高空にいくほど低温のため、氷の粒子である氷晶になり、氷晶はさらに霰となって上昇気流にあおられ、摩擦で静電気が蓄積されるという考えがある。

あえかなる薔薇撰りをれば春の雷

石田波郷

春の大三角《はるのだいさんかく》

〈春《はる》の大曲線《だいきょくせん》〉三春　天文

春の夜空に星が少ないのは、円盤状の銀河面に対して垂直の方向を見ているからで、明るい星が少ないので宇宙の彼方《かなた》を見通すことができる。おとめ座の白い点が天の川銀河の中にある星で、それ以外は宇宙の彼方の銀河を見ている。

北斗七星は、ほぼ一年中見えている。北斗七星は星座の名前ではなく、おおぐま座の腰と尻尾にあたる。北極星のそばにあるので、秋の宵を除いて一年中見つけることができる。

春の空で目につくのが、おおぐま座から伸びる「春の大曲線」である。おおぐま座の北斗七星の柄杓《ひしゃく》の柄《え》のカーブをそのまま延長していくと、うしかい座の明るい星、アルクトゥールスがある。オレンジ色の星で、全天で四番目に明るい恒星である。さらにそれをカーブに沿って延長していくと、おとめ座の一等星のスピカがある。これらを結んだ大きな曲線が春の大曲線である。その終点にからす座があり、四つの三等星が台形に並ぶ。北斗七星の柄を伸ばしていって見つける。

スピカとはラテン語で穂先のことで、女神デーメーテルが持った麦の穂先である。アルクトゥールスとスピカから、しし座のデネボラを結ぶと「春の大三角」の形ができる。デネボラはアラビア語でししの尾という意味であり、他の二つよりも暗い二等星である。

星座は、地球上から夜空を見て、恒星が天球という一つの球面上に占める見かけの位置を基にして、その配置を、特徴的な人、神、動物、物などに喩《たと》えて呼んだものである。地域や文化や時代に応じてさまざまな星座名が生まれた。星座は、四次元空間の時間と空間の分布が産み出したロマンと言えるかもしれない。

このような星座と、今の天文学的な恒星の四次元空間での並びには、まったく関係がない。天文学では、星の位置を地球からの距離で表すが、その距離の単位は「光年」である。一光年は、光が自由空間かつ重力場や磁場《じば》の影響を受けない空間を、一ユリウス年（三六五・二五日）の間に通過する長さのことである。この距離で春の大三角を表すと、アルクトゥールスは地球から三六・七光年、スピカは二五〇光年となる。言い換えれば、今、私たちが見ているスピカの光は、二五〇年前に発射された光なのである。

電話ボックス冬の大三角形の中

今井　聖

春潮《しゅんちょう》

〈春《はる》の潮《しお》・彼岸潮《ひがんじお》〉三春 地理

◆潮干潟《しおひがた》〈潮干《しおひ》・干潟《ひがた》〉晩春 地理

春の大潮で干潟が広く現れる。浅蜊《あさり》や蛤《はまぐり》を採る「汐干狩《しおひがり》」の季語も、鳴門海峡で渦潮を見る「観潮《かんちょう》」も春の季語である。若布《わかめ》、搗布《かじめ》、鹿尾菜《ひじき》、角又《つのまた》、海雲《もずく》、石蓴《あおさ》、海苔《のり》、海髪《うご》と、海藻の季語も春に多い。「彼岸潮」という言葉もあるが、日本各地の実際の潮汐《ちょうせき》現象では、必ずしも春に干満の差が大きいとは限らない。

潮汐は、地球以外の天体の引力で、地球の海、大気、固体部分の全体が伸び縮みする現象である。地表にいると、地球の重心に働く重力との差だけが見え、月の側と反対側で重心から離れる力が働くように見える。これを潮汐力という。海水は地球の重力場にあるので地球から離れることはないが、潮汐力で海水が盛り上がって見える。海や大気のように流体の場合には水平の運動をともなう。これを潮汐流あるいは潮流という。漢字の「潮」

は朝の、「汐」は夕方のしおの意味を持つ。太陽の潮汐力は月の約〇・四五倍で、他の天体の引力はほとんど無視できる。

月はたいへん大きな衛星で、しかも地球の一つだけの自然衛星である。マントル対流、プレート運動、地磁気の逆転、また台風、巨大な地震や噴火を起こしながらも、地球が公転軌道に対して常に二三・四度の傾きを保って、安定に自転を続けているのは、月の大きな引力のおかげである。

春は潮の色もしだいに藍色が薄くなって、明るい美しさに変わる。干満の差が大きくなり、干潮時には干潟をひろびろと残して遠くに退いていく。特に彼岸のころは干満の差が大きいので、広い干潟が現れる。

海の多くの生物は浅い海に生きている。干潟は生物の宝庫である。干潟を守っている限り、栄養豊かな食生活を楽しむことができる。人もまたもとはといえば海から生まれ出た生物である。それを思い出すのが干潟である。

暁や北斗を浸す春の潮　松瀬青々

われも引き残されしもの大干潟　片山由美子

雪崩《なだれ》

仲春　地理

山岳地帯の積雪が気候の変化でゆるみ、山上や山腹から崩れ落ちる現象である。轟然《ごうぜん》たる響きが発生する。家を埋めたり人命を奪うこともある。残雪《ざんせつ》、雪解《ゆきどけ》などの季語が関連する。雪崩の発生条件はさまざまである。降り積もった雪粒同士の結合が、重力、圧力、気温の上昇などの環境変化によって壊された際に発生する。気象庁が、雪崩の発生する危険な状態に対してなだれ注意報を発表する。注意報は発令されるが警報はない。

急激な気温の変化が積雪内に大きな温度差を生じさせ、「しもざらめ雪」と呼ばれている弱い層が形成される。また、一度に大量の降雪があると、弱い層の上に積もる雪に荷重が増す。急斜面で弱い層が支持力を失い、雪崩が発生する。規模の大きな雪崩は、三五度から四五度の急斜面で発生する。樹林帯で一部樹木のない斜面では雪崩が頻繁に起こっていることが多い。風下にできた雪の塊（雪庇《せっぴ》）や広大な斜面、沢筋などでも発生確率が高い。雪崩多発地帯ではU字谷に似た地形ができる。これをアバランチシュートと呼ぶ。

大規模な雪崩の被害の中でも、一九一八（大正七）年一月九日、新潟県南魚沼郡三俣《みつまた》村（現在の同郡湯沢町）で泡《ほう》雪崩が発生し、集落が襲われて一五八名の死者を出したのが、日本で最大の雪崩被害（三俣の大雪崩）である。一九二二（大正一一）年二月三日、現在の糸魚川市の北陸本線、親不知駅と青海駅の間で雪崩が発生し、通過中の列車の客車二両が巻き込まれ脱線転覆して死者九〇名の被害があった。さらに、一九三八（昭和一三）年一二月二七日、黒部峡谷志合谷で泡雪崩が発生し、黒部川第三発電所建設現場の宿舎の木造部分が六〇〇メートル以上も吹き飛ばされ、死者八四名の被害があった。

スキー場、鉄道などで雪崩の予防に爆薬が用いられる。大量の雪が積もる前に、爆薬で小さな雪崩を起こす。鉄道沿線には防雪林が造成される。雪崩の衝撃力を弱める障壁も有効であるが、障壁は雪崩の直撃で破壊されることもある。雪崩をやり過ごす対策が有効で、線路の上を雪崩が通過するように庇《ひさし》や屋根を設けている。

地震計雪崩の揺れを記録せり

尾池和夫

流氷《りゅうひょう》

〈氷流《こおりなが》る・流氷期《りゅうひょうき》・海明《うみあけ》〉仲春 地理

流氷は水面を漂流する氷のことで、陸の定着氷以外の氷を指す。海水が凍った海氷、氷山、河川氷が流氷に含まれる。打ち上げられた流氷が重なって丘になれば氷丘《ひょうきゅう》と言われる。それが高さ数メートル、長さ一キロというような山脈になると流氷山脈と呼ばれる。

北海道では、その季節になって初めて沿岸から流氷が確認された日を「流氷初日」、一月下旬から二月上旬に接岸した初日を「流氷接岸初日」という。沿岸から見渡せる海域の流氷が五割以下となると「海明《うみあけ》」が宣言され、船舶の航行が始まる目安になる。さらに沿岸から最後に流氷が見えた日を「流氷終日」という。

海の水は、上下の水が混合しながら冷える。したがって深い海では冷えにくいが、オホーツク海は海水が二層構造になっており、海面から五〇メートルまでは塩分の薄い海水、その下は塩分の濃い海水である。これら二層の海水は混合しないので、上の層は海水の凍るマイナス一・八度に達しやすい。それで毎年流氷が見られる。太平洋側の深い海では、対流する時間が長いので海水が冷える前に春がくる。

ブイによる調査で、北海道の流氷は、サハリン北東部から南下して北海道に達することがわかった。それと北海道産の混じった流氷を見ていることになる。北海道の流氷は、北半球で最も南で見る流氷である。例年一月二〇日過ぎに初めて観測され、一月末から三月上旬が流氷の季節とされている。流氷見学を計画するのはたいへん難しい。行ったときに実際に流氷があるかどうかがわからない。情報を確認しながら場所を変える。

流氷情報を得るためにはウェブサイトを使う。海氷情報センター（第一管区海上保安本部）では、「沿岸観測情報」と「海氷速報」が期間中毎日更新されている。その他にもＪＡＸＡ地球観測研究センターのオホーツク海の海氷分布情報などがある。

流氷や宗谷の門波荒れやまず　山口誓子

鞦韆《しゅうせん》

〈秋千《しゅうせん》・ぶらんこ・半仙戯《はんせんぎ》・ふらここ〉三春 生活

ブランコのことを鞦韆という。秋千とも書く。「鞦」も「韆」も、それぞれ一字でブランコを意味する。古くは中国で宮女が使った遊び道具で、裾から足が皇帝に見えていた。唐の玄宗は、鞦韆に「半仙戯」の名を与えた。蘇軾《そしょく》の漢詩「春夜」にも鞦韆が出てくる。

春宵一刻直千金　しゅんしょういっこくあたいせんきん
花有清香月有陰　はなにせいこうありつきにかげあり
歌管楼台声細細　かかんろうだいこえさいさい
鞦韆院落夜沈沈　しゅうせんいんらくよるしんしん

雅語は「ふらここ」というが、ぶらんこの語源は擬態語とする説、ポルトガル語のbalancoもしくはblancoからきたとする説などがある。古く中国から日本に伝わった。樹木や梁《はり》から吊り下げたものであり、嵯峨天皇の詩に詠まれている。「ぶらんこ」という呼び名は江戸時代からとされている。

鞦韆に腰かけて読む手紙かな　　星野立子

サーカスでは空中ブランコがある。高い位置から二条の紐が降りて、その先に細長い棒があるだけの構造である。

ブランコは、物理学的には振子《ふりこ》である。空間固定点（支点）から吊るされ、重力の作用によって揺れを繰り返す物体である。支点での摩擦や空気抵抗のない理想の環境では永久に揺れ続ける。時計や地震計などにその原理が用いられている。振子についての最初の研究記録はアリストテレスによるものである。一七世紀にはガリレオにはじまる物理学者らによる観測の結果、振子の往復時間は振幅によらず一定であること（等時性）が発見されて、時計に使用されるようになった。

振子は、重りが左右いずれかの位置にあるとき位置エネルギーを持つ。重力により下に引かれると加速し運動エネルギーとなり、一番下で最高速になる。反対側に揺れるとき減速しながら再度位置エネルギーとして蓄積され一旦停止し、これを繰り返す。

個体の振子では釣り合う位置が二か所ある。真上にあるときは不安定な釣り合いで、すぐに崩れるが、真下にあると安定な釣り合いでいつまでも動かない。

野焼《のや》く

〈野焼《のやき》・堤焼《つつみや》く・野火《のび》・草焼《くさや》く・芝焼《しばや》く・芝焼《しばやき》〉初春 生活

山焼《やまや》く

〈山焼《やまやき》・焼山《やけやま》・山火《やまび》〉初春 生活

焼野《やけの》

〈焼野原《やけのはら》・焼原《やけはら》・末黒野《すぐろの》・すぐろの〉初春 地理

焼野原は、早春に野焼をしたあとの野をいう。野焼は害虫駆除と萌え出る草の生長のために行う。一面が黒く見えるので末黒野とも。野焼は、春先に野や土手などの枯草を焼き払うことで、野火は野焼の火である。山焼は、早春の、晴れて風のない日に、野山の枯草を焼き払うことで、飼草《かいぐさ》や山菜類の発育を促し、害虫を駆除するためである。山火は山焼の火のことである。畑焼《はたやき》は、畑の作物の枯れ残り、畦《あぜ》の枯草などを焼き払うことで、害虫の卵や幼虫を絶滅させるためで、あとの灰は畑の有用な肥料となる。

　山形県の村上市山北地区で伝えられてきた焼畑農法で栽培する赤かぶがある。冬の間の保存食として漬け込む。歯応えと辛味が特徴の味わい深い郷土の味となる。村上市山北地区は、林業が盛んで、杉の伐採跡地を乾燥させて焼き、畑として活用してきた。山焼は天候や風向きに細心の注意を払いながら、山全体が灰に覆われるまでの四時間から一〇時間、見守り続ける過酷な作業である。斜面での作業で全国的にも珍しく、山北地区でも続ける生産者は数軒である。山焼で育った赤かぶは、火を入れることによって土壌が殺菌されているため、農薬や化学肥料の使用が最低限に抑えられる。減農薬・減化学肥料、自然の力で美味しい赤かぶに育つ。山焼きの赤かぶを収穫したその日に塩漬けする。酢、砂糖、焼酎で味付けした「赤かぶ漬け」である。無添加、無着色の味がうれしい。（カラー１３０頁）

雪代を越え移りたる畦火かな　岸田稚魚
末黒野に雨の切尖限りなし　波多野爽波

観潮《くわんてう》

〈渦潮見《うずしおみ》・渦見《うずみ》・渦見船《うずみぶね》・観潮船《かんちょうせん》・渦潮《うずしお》〉仲春 生活

鳴門《なると》海峡では旧暦三月三日前後の大潮《おおしお》に大規模な渦潮が現れる。淡路島と大毛島《おおげじま》、島田島との間のこの海峡は日本百景の渦潮の名所である。大鳴門とも呼ばれる。海峡の最狭部の幅は約一・四キロ、大鳴門橋の橋脚の立つ浅瀬と裸島の間の深さは約九〇メートル。その北側に深さ二〇〇メートル、南側に深さ一四〇メートルの深み（海釜《かいふ》）がある複雑な海底地形をなす。渦潮を見るための観潮船が淡路島側と鳴門側から運航されている。最狭部に架けられた大鳴門橋にも遊歩道「渦の道」が設けられていて、真上から渦潮を観察できる。

さらに播磨灘《はりまなだ》と紀伊水道では、ほぼ正反対の潮の満ち引きが起こり、両水域の潮位差《ちょういさ》は大潮の時、一・五メートルにもなる。これにより時速最大二〇キロの潮流が生まれる。最狭部の下流側の渦潮の直径は一五メートルになる。瀬戸内海の来島《くるしま》海峡、関門海峡、鳴門海峡は日本三大急潮と言われるが、長崎県の針尾《はりお》瀬戸でも渦潮を見ることができる。

瀬戸内海は海面変動で現在は海であるが、もともと大きな河であった。海外の大きな河でも、中国の銭塘江《せんとうこう》には河口から激しい流れが遡《さかのぼ》る海嘯《かいしょう》があり、また南米アマゾン川にはポロロッカと呼ばれる激しい海流が知られている。

「春潮」で述べたように、約半日の周期で海面が上下に変化する（30頁）。この潮汐《ちょうせき》は月が地球に及ぼす引力と、地球が月と共通の重心の周りを回転することで生じる遠心力を合わせた「起潮力《きちょうりょく》」による。同じことが地球と太陽との間でも生じる。地球に対して月と太陽が直線上に重なると、月と太陽による起潮力の方向が同じとなり、一日の満潮と干潮の潮位差が大きくなる。これを「大潮」という。月と太陽が互いに直角方向にずれているときは満干潮の潮位差は最も小さくなり、これを「小潮」という。

大潮と小潮は、新月から次の新月までの間にほぼ二回現れる。新月と満月の頃に大潮、上弦と下弦の月の頃に小潮となる。潮位にも季節変化があり、日本の多くの沿岸で、夏から秋にかけて潮位が高くなるが、地域によって傾向に差があり、鳴門では春の大潮のときの渦潮が最高潮となる。（カラー131頁）

観潮やいびつの渦の数多き　森田　峠

遍路《へんろ》

〈お遍路《へんろ》・遍路笠《へんろがさ》・遍路杖《へんろづえ》・遍路道《へんろみち》・遍路寺《へんろでら》・遍路宿《へんろやど》・善根宿《ぜんこんやど》〉三春 行事

弘法大師ゆかりの四国八十八箇所霊場を参拝することである。徳島県の霊山寺《りょうぜんじ》を振り出しに、右回りに香川県の大窪寺《おおくぼじ》で終わる、全長一四〇〇キロに及ぶコースを「正打ち（順打ち）」といい、逆を「逆打ち」という。白装束に「同行二人《どうぎょうににん》」の菅笠《すげがさ》という装束で、「善根宿《ぜんこんやど》」に宿泊しながら巡る。

第二四番札所は高知県の室戸岬にある最御崎寺《ほつみさきじ》である。真言宗豊山派の寺院で、号は室戸山明星院《みょうじょういん》である。本尊は虚空蔵菩薩、四国八十八箇所霊場の土佐で最初の札所である。室戸岬では東西に対峙している第二六番札所の金剛頂寺《こんごうちょうじ》を「西寺《にしでら》」と呼ぶのに対し、「東《ひがし》寺《でら》」と呼ばれる。寺号は「火つ岬」（火の岬）の意味である。

本堂の横に、くわず芋の畑がある。空腹の空海が村人に芋を所望したとき、「この芋は食べられない」と嘘をつかれ、本当に食べられなくなったと伝えられる。また、鐘石を小石で叩くとカーンと金属音がする。この響きは冥土《めいど》に届く。

道路沿いに御厨人窟《みくろど》がある。青年時代の弘法大師が悟りを開いた洞窟で、二つの洞窟があり、向かって左側に大師が寝起きした御厨人窟、右側に大師が修行の場として使った神《しん》明窟《めいくつ》がある。数千年前には波打ちぎわにあり、波の浸食でできた洞窟であるが、南海トラフの巨大地震のたびに隆起して今は高い場所になっている。洞内にある五所神社の場所から見えた空と海の風景に感銘して「空海」の名が生まれた。

高知県の西端、足摺岬《あしずりみさき》の金剛福寺《こんごうふくじ》は、真言宗豊山派の寺院で、蹉跎山補陀洛院《さださんふだらくいん》と号する。本尊は千手観世音菩薩で、第三八番札所である。「蹉」も「跎」も、ともに「つまづく」の意味で、この地が難所であることを示し、俗に足摺山という。空海も足を摺りながらたどり着いたのである。

はきかへて足袋新しき遍路かな　星野立子

東京大空襲忌《とうきようだいくうしゆうき》

仲春　行事

東京大空襲は、一九四五（昭和二〇）年三月一〇日の午前〇時から始まり、三〇〇機以上ともいわれる超大型爆撃機Ｂ‐29が東京を無差別攻撃した空襲である。高度二〇〇〇メートルで隊列を組んで侵入、木造家屋が密集する東京市街地の東半分を焼夷弾《しょういだん》攻撃で焼き払うという戦術であった。約二三万戸が焼け、死者一二万人という被害がでた。約一〇〇万人といわれる罹災者は寒空の中に焼け出された。冬型の気圧配置で強い北西風により火勢が助長され、火災旋風《せんぷう》や飛び火があり、消火が遅れ、大火は三月一〇日夜まで続いた。

天気予報などの気象情報は、戦争を遂行するために必要不可欠なものとして、研究され進歩してきた。戦時には、自国の気象情報をしっかり隠しておき、敵国の気象情報を全力で手に入れる。

太平洋戦争のとき、真珠湾攻撃が行われた一九四一年一二月八日の午前八時、中央気象台の藤原咲平《ふじはらさくへい》台長は、陸軍大臣と海軍大臣から口頭で気象報道管制の実施を命令された。

それによって、天気予報は国民に伝えられなくなった。一九四二年八月二七日、長崎に上陸した台風で山口県を中心に一一五八名が死亡した。

　サイパンにアメリカ空軍が展開して、アメリカは日本を空襲しつつ広範囲の気象観測をしていた。それをもとに日本の天気予報を作戦に利用した。一九四五年三月九日夜から一〇日朝は、冬型の気圧配置が強まることを予想したので、目視が利き、爆撃しやすく、しかも風が強くて大火になりやすいと考えて、焦土《しょうど》作戦である東京大空襲を決行したと考えられる。さらに、三月一〇日は陸軍記念日で、日本国民の士気を落とす効果もあると考えられる日であった（気象予報士　饒村曜《にょうむらよう》による）。

　アメリカ軍は早くから江戸時代に頻発した江戸の大火や一九二三（大正一二）年の関東大震災を検証し、焼夷弾による空襲が大規模な破壊を最も効果的に与えると結論していた。具体的な空襲対象地域の選定を、人口密度、火災危険度、輸送機関、工場配置などを検討し、爆弾爆撃有効度が計算され、一覧表が作成されていた。浅草区や本所区の高い人口密度が特に重視された。

草々と書いて三月十日今日

川崎展宏

都《みやこ》をどり

晩春 行事

毎年四月、京都祇園花見小路にある祇園甲部《こうぶ》歌舞練場で、舞妓や芸妓が絢爛豪華な踊りの舞台を見せる。舞妓たちの「都をどりはー」、「ヨーイヤァーサー」という掛け声で始まる。

明治維新で東京へ遷都したあと、京都の伝統を保ちながら近代都市を建設しようと博覧会が企画され、余興に祇園の芸舞妓によるお茶と歌舞を公開するという案が実現し、それが第一回「都をどり」となって、一八七二（明治五）年、祇園新橋小堀の松の家で開催された。八〇日間、舞方三二名、地方《じかた》一一名、囃子方《はやし》一〇名、計五三名が七組七日交替で演じたという。

二〇一七年、一八年の都をどりは、「都をどり in 春秋座」としてポスターを飾った。祇園甲部歌舞練場が耐震対策に着手するため一時休館となり、京都造形芸術大学（現・京都芸術大学）の劇場である京都芸術劇場春秋座に舞台を移した。春秋座の舞台は、廻り舞台や花道、すっぽんなど、歌舞伎のための設備を持っており、その設備が大胆に活用され、

かなり新しい演出の都をどりとなった。（カラー132頁）
京舞井上流を創始した、長州浪人の娘、井上サトは初世井上八千代となった。近衛家に仕え、あらゆる芸能の基本を取り入れて井上流が生み出されたという。それを磨き上げて伝える現在の家元・五世井上八千代が、この春秋座での都をどりに挑戦してたいへん好評であった。
活断層帯には活断層で囲まれた盆地ができる。地下構造を調べると、分厚い堆積層が盆地にできていることがわかる。京都盆地の基盤の上には第四紀の地層が重なっている。北の方から南へ、しだいに厚くなっている。堆積層には水がたっぷりある。その水から、例えば茶の湯が生まれ、茶の湯をもとに、祇園の井上流の舞の文化も生まれた。清酒、和菓子、蕎麦、京料理も、地下水を使ってできている。時代ごとにさまざまのものを生み出してきたことをまとめて私は「変動帯の文化」と呼んだ。

春の夜や都踊はよういやさ　　日野草城

田螺《たにし》

〈田螺鳴《たにしな》く・田螺取《たにしとり》〉三春　動物

◆田螺和《たにしあえ》　三春　生活

蜷《にな》

〈みな・川蜷《かわにな》・蜷《にな》の道《みち》〉三春　動物

タニシはタニシ科の淡水産巻貝の総称で、南米と南極大陸を除く各大陸と、および周辺地域の淡水に生息し、雌雄異体の、母体内で卵からかえる卵胎生である。殻口をぴったりと塞ぐ蓋を持っており、蓋の色や模様が面白い。淡水生の巻貝としては大型の種を含んでおり、地域によって異なる姿に接するのが愉しい。

殻は卵形でカタツムリを大きくした形である。殻は黒、頭部に発達した一対の触角があり、その根元付近の外側に目がある。雄の右触角は先端まで輸精管が通じているので、右触角を見ると雌雄の判別ができる。

冬の間は池や田の泥中に棲息しているが、春になると「田螺の道」を作って、泥の表面を這う姿が興味深い。

ニナはカワニナ科の巻貝で「海蜷」も傍題にある場合を見かけるが、別種である。蜷は川蜷の古称である。北海道南部から沖縄までの日本各地の河川・湖沼などに分布する。長さ三センチほどで、殻は厚く筍《たけのこ》状で螺層《らそう》が長く、黒褐色である。

ニナは蛍の幼虫の餌である。長野県では蛍貝と呼ぶ。春になると「螺の道」を作りながら泥の表面を這う。

これらを含み、日本の淡水に棲む貝は約一七〇種と言われる。うち約六〇種が二枚貝である。食用とするものも多いが、寄生虫の中間宿主となることがあるので生食は避けることが望ましい。


蜷の道はじめをはりのなかりけり　森田公司

蜂《はち》

〈蜜蜂《みつばち》・熊蜂《くまばち》・穴蜂《あなばち》・土蜂《どばち》・足長蜂《あしながばち》・女王蜂《じょうおうばち》・働蜂《はたらきばち》・蜂《はち》の巣《す》・蜂《はち》の子《こ》〉三春 動物

◆秋《あき》の蜂《はち》〈残《のこ》る蜂《はち》〉三秋 動物　冬《ふゆ》の蜂《はち》〈冬蜂《ふゆばち》・凍蜂《いてばち》〉三冬 動物

アリを除いた膜翅目《まくしもく》の昆虫の総称であり、大部分は二対の翅《はね》を持ち、腹部の根元がくびれて細い。腹端に毒針を持ち、敵や獲物を刺す。世界に約一〇万種いると言われ、そのうち日本でよく見かけるのはミツバチ、アシナガバチ、クマバチ、スズメバチである。

ハチは春から秋に活動する。冬の間は活動が止まり、多くのハチは、女王蜂以外は冬を越せない。秋が深まっても生き残っているハチを秋の蜂という。ミツバチのように成虫のまま越冬するハチもいる。アシナガバチは交尾後、雌だけが生き残って越冬し、翌春一匹で巣を作り卵を産む。冬の間にたよりなげに動いているのが冬蜂である。

数字のゼロを理解するという科学的な報告がある。また、社会性を持つのがハチの特徴の一つで、ハチの一部とアリは、親が子の面倒を見るだけでなく、子が大きくなっても共に生活し、大きな集団を形成する。これを「社会性昆虫」という。女王蜂、働き蜂などの役割が決まっており、それぞれ一生の過ごし方が違う。雌が中心で、働き蜂もすべて雌である。雄は特定の時期に女王蜂と交尾するためだけに生まれる。女王蜂は最初は雌だけを産み、一定数を過ぎると雄を産む。女王蜂の腹に精子を貯えておく袋があり、一度交尾すると長期間にわたり産卵し続ける。老化などで繁殖能力を失うと、女王蜂は働き蜂に捨てられ、餌を得る能力がないので飢死する。巣ではすぐに新しい女王蜂が選ばれる。

『琉球新報』(二〇二〇年五月一七日)によると、ミツバチの飼育数で、沖縄県が日本一になったという。沖縄は冬の気候でもミツバチの繁殖に適しているのと、屋外に設置した巣箱で育てるため、県外では熊による獣害が無視できないが、沖縄にはその心配がないのだという。

以前に京都賀茂川の源流にある雲ヶ畑・志明院《しめいいん》の住職に聞いた話を思い出した。本堂の屋根の下にミツバチが住み込んだとき、銅板の屋根を剝がされてしまったという話である。葺き替えたらまた剝がされるのを三年ほど繰り返した。

蜜蜂の山風吹けば金の縞　永方裕子

冬蜂の死にどころなく歩きけり　村上鬼城

諸子《もろこ》

〈諸子魚《もろこ》・諸子鮠《もろこはえ》・初諸子《はつもろこ》・本諸子《ほんもろこ》・柳諸子《やなぎもろこ》・諸子釣《もろこつ》る・諸子舟《もろこぶね》〉三春　動物

コイ目コイ科の体の細長い小魚の総称である。地方によってホンモロコ、タモロコ、デメモロコなど異なった魚を諸子と呼んでいる。元来は小魚全般を指したという。特に琵琶湖に多く産する体長一四センチほどの本諸子が有名である。柳の葉に似ているので柳諸子ともいう。

琵琶湖の固有種とされているが、福井県の三方五湖《みかたごこ》、山梨県の山中湖、長野県の諏訪湖《すわこ》、東京都の奥多摩湖などに移植された。埼玉県では養殖における生産量が年間約二〇トンで日本一と言われている。

普段は水深五メートル以上の湖沼中層域に生息する。大きな個体では一五センチにもなる。繁殖期は三月から七月で、大群で湖岸や水路に押し寄せ、一匹の雌を数匹の雄が追尾して、湖岸に生えている柳の根、草の根、葦《あし》、小石などに産卵する。産卵する水深は浅く、数センチであり、水位変動の影響を受けやすい。孵化《ふか》後、半年から一年で繁殖能力を備え、寿命は二、三年程度である。

琵琶湖では一九九四年以前は一五〇トンから三五〇トンという安定した漁獲量を保っていたが、それ以後は減少し価格が急騰して高級食材となった。

内湖と本湖の移動が阻害されたり、越冬場所となる沖合深層域の環境が悪化したり、冬季の表層水と深層水の循環が起きにくくなったり、深層水の酸素濃度が低下したりというのが原因ではないかと考えられる。ブラックバスやブルーギルなど、肉食性外来魚による食害もモロコに大きな影響を与えていると考えられる。滋賀県や周辺の自治体は、産卵場所となる浅水域の確保など、水産資源の確保に努めている。

京都での高級食材としての本諸子は高値で取引される。特に冬に獲れる子持ち諸子は、琵琶湖の名物である。塩焼き、煮物、天ぷら、唐揚げ、佃煮、南蛮漬けなどにするが、本諸子の頭を下にして炭火でじっくりと焼き上げるのが絶品である。

比良ばかり雪をのせたり初諸子　　飴山　實

春菊《しゅんぎく》

〈高麗菊《こうらいぎく》・菊菜《きくな》〉三春 植物

キク科の一年草で、葉を食用にする他、花は観賞用にもなる。地中海地方原産で、日本には江戸時代に伝わったとみられる。春に花を咲かせ、葉の形が菊に似ていることから春菊と呼ばれている。キク科の植物なので花も菊に似ている。葉の独特の芳香と苦味が好まれ、浸し物や鍋料理には欠かせない野菜となっている。

日本では、葉に切れ込みの少ない大葉《おおば》種の春菊が四国と九州で、切れ込みのある中葉《ちゅうば》種がそれよりも東で、それぞれ栽培されている。中葉種はさらに、株立ち型と株張り型に分かれる。

大葉種は香りが弱く、肉厚で味にくせがなく柔らかい。中大葉種は、葉の切れ込みが深い中葉系と、独特の香気が柔らかく葉の切れ込みが少ない大葉系の両方の特徴を持つ。奈良県北部の農家が受け継いできた品種で、奈良県で選抜されたものが全国に広まる原形となった。「中村系春菊」と呼ばれることもある。奈良県で栽培されたものは市場で「大和きくな」と呼ばれる。中葉種は香りが強い。中葉種の株張り型は、茎があまり伸びず、株ごと抜き取って出荷する。小葉種《こば》は葉の切れ込みは深く、香りが強いものの収量が少ないためあまり栽培されていない。

春菊が食用とされるのは東アジアだけで、宋の時代に中国に流入して栽培作物となった。ビタミンやカルシウム、葉緑素《ようりょくそ》が豊富に含まれ、日本では、すき焼き、ふぐ鍋など鍋料理の具材に使われる。天麩羅も好まれ、春菊天は関東の立ち食いそばやうどん店の定番である。中国では炒め物が多い。韓国のりと春菊のナムルは、韓国料理に出てくる。春菊を食べたい時にさっと茹でて、韓国のりの塩気と胡麻油を合わせる。生で食べるのが苦手な方にも食べやすい。

夕支度春菊摘んで胡麻摺つて　草間時彦

椿《つばき》

〈山椿《やまつばき》・藪椿《やぶつばき》・白椿《しろつばき》・紅椿《べにつばき》・乙女椿《おとめつばき》・玉椿《たまつばき》・つらつら椿《つばき》・花椿《はなつばき》・椿林《つばきばやし》・落椿《おちつばき》〉三春　植物

◆椿《つばき》の実《み》　初秋　植物　　冬椿《ふゆつばき》〈寒椿《かんつばき》〉晩冬　植物

ツバキ科の常緑高木の花。「椿」は国字で、春の事触れの花の意である。中国で「椿」の字を当てる木は別種で、「山茶」と書くのが日本の椿にあたる。たまたま日本の国字でできた文字が、中国にも別の木の名にあったという考えもある。

日本にもともと自生していたのはヤブツバキであり、それをもとに園芸種が多数作られた。『続日本紀』に、七七七年、渤海《ぼっかい》国使が帰るときに「海石榴《つばき》油」を所望したので贈ったという記述がある。

寒椿は、冬のうちから咲き出す椿をいう。冬椿とも呼ぶ。園芸品種の一つに、サザンカのように花弁が散る寒椿という名のものもある。

チャノキ（茶の木）の種から採った油など、ツバキ属の種子から採った油の総称は「カメリア油」である。酸化されにくいオレイン酸を多く含み、他の食用の油脂に比べて酸化されにくく固まりにくい。

ツバキの実は果皮が厚くつやがあり、熟すると開いて暗褐色の種子が二ないし三個出てくる。種子を搾《しぼ》ると椿油が採れる。食用のほか、化粧品、薬品、石鹸などに用いられる。食用油としては天麩羅油、炒め物、サラダ用などに使用され、長崎県の五島うどんでは椿油を生地の表面に塗る。

鬢《びん》付《つ》け油では純日本産の椿油、特に五島列島や伊豆諸島産は純度が高く重宝される。日本薬局方にあり、他の薬効成分と配合して用いられる。日本刀を磨く油でもある。木刀、碁盤、将棋盤、将棋駒、木彫り、櫛《くし》など木製品のつや出しにも使う。

東京都の伊豆大島では、椿の林が防風林となっている。その椿から島の人たちが拾った実が工場に運ばれ、選別して丁寧に処理される。選別された実は十分に乾燥させ、搾油機《さくゆき》で昔ながらの製法で搾る。香ばしい香りの黄金色の椿油ができる。

みな椿落ち真中に椿の木　　今瀬剛一

若布《わかめ》

〈和布《わかめ》・若布《わかめ》刈《がり》・若布《め》刈《かり》舟《ぶね》〉三春　植物

褐藻類《かっそうるい》コンブ目の海藻で、海中に大きな林を作る。関東以南の本州太平洋、四国、九州の沿岸などに分布する。茎は円柱状で、上部に羽を広げたように多数の葉をつける。似たものに荒布《あらめ》があるが、これは茎の先端が二つに分かれている。

海藻は、藻類のうち海産種群で肉眼で見えるものを指す。アマモのようなものは「海草」の字を当て、海藻とは区別する。海藻は系統学的には異質な複数の分類群から成り立つので、多様性が見られる。

海藻は、潮間帯《ちょうかんたい》から深さ数十メートルの海底にまで棲息し、緑藻《りょくそう》が浅いところに、紅藻《こうそう》が最も深いところまで棲息する。寒い地方に大型の海藻が多い。海底に根で固着しているが、ある時期、根元から離れて海面を漂う種もあり、流れ藻と呼ぶ。岩礁海底の海藻の群落は藻場《もば》と呼ばれて、多くの魚類の稚魚のよりどころとなっている。

藻場の衰退を「磯焼け」と呼び、沿岸漁業にとって深刻で、原因や解消法が研究されている。鉄鋼スラグの加工物を沈め、海藻を根づかせる策が実施される。海藻は二酸化炭素を吸収するので、海草、塩性湿地、マングローブとともに「ブルーカーボン」と呼ばれ、陸上植物による光合成「グリーンカーボン」に対比される。

海藻には水溶性食物繊維が豊富に含まれ、また、多種の栄養素を含む。日本で海藻は日々の食材として重要である。出汁《だし》、素材としての昆布《こんぶ》、海苔《のり》、若布、天草《てんぐさ》、鹿尾菜《ひじき》、海雲《もずく》など多くのものを食べる。刺身のツマとしても重要で、日本料理の中心的存在である。日本以外で、スコットランドとアイルランドが海藻食文化を持つ。英語で海草と一緒にしてSeaweed「海の雑草」と呼ばれていたが、健康志向が高まってきて、Sea Vegetable「海の野菜」と呼ばれるようになった。

また、テングサから作られる寒天培地は、微生物や細胞の培養に用いられ、大規模なバイオエタノール採取用の海藻類養殖が計画されている。

子も孫も都に住むと若布干す　茨木和生

梅《うめ》

〈梅《うめ》の花《はな》・好文木《こうぶんぼく》・花《はな》の兄《え》・春告草《はるつげぐさ》・野梅《やばい》・白梅《はくばい》・臥竜梅《がりゅうばい》・豊後梅《ぶんごうめ》・枝垂梅《しだれうめ》・盆梅《ぼんばい》・老梅《ろうばい》・梅《うめ》が香《か》・夜梅《ようめ》・梅林《ばいりん》・梅園《ばいえん》・梅《うめ》の里《さと》・梅《うめ》の宿《やど》・梅月夜《うめづきよ》・梅日和《うめびより》〉初春 植物

ウメはバラ科サクラ属の落葉小高木の花である。季語では花を指すが一般には実のことも梅と呼ぶ。五枚の花弁を持つ一ないし三センチの花を、葉よりも先につける。梅の花は観賞、実は食用、枝と樹皮は染織に利用される。五〇〇種以上の品種があり、アンズ（杏）やスモモ（李）と複雑に交雑してさまざまな系統が生まれている。

ウメの原産は中国で、日本へは遣唐使が持ち込んだといわれる。『万葉集』に一一九首の梅の歌が収められており、その時代には「花」というと梅のことを指していた。春の早い時期に香気を放って咲くので、春の訪れを知る花である。

ウメはクエン酸をはじめ有機酸を多く含んでいる。中国では紀元前から酸味料として用いられていたことがわかっている。塩とともに最古の調味料である。「塩梅《あんばい》」という言葉の語源である。漢方では烏梅《うばい》がある。梅の実を藁《わら》や草を燃やして燻《いぶ》す。真っ黒に燻した梅に、健胃、整腸、駆虫、止血、強心の作用がある。ウメの実の疲労軽減効果も確認されている。青ウメには青酸がある。未熟なウメに含まれているアミグダリンやプルナシンを摂取すると、胃酸によって有毒成分を発生し、腸内の酵素でシアンが生成される。したがって青ウメを大量に食べると痙攣《けいれん》や呼吸困難になり、麻痺状態となって死亡する。この現象は杏の種子などにもある。梅酒の中の実や天日に干した実は毒性が低下しているので心配はない。

日本国内では和歌山県が、梅の実の国内総収穫量の六割以上を占める。紀州南高梅が知られており、みなべ町と田辺市で和歌山県内の七割強を占める。梅の産地は全国に分布する。一四の県で年間一〇〇〇トン以上、それ以外では、北海道と沖縄以外の全都府県で年間一〇〇トン以上だという。

ふろしきの紫たたむ梅の頃

大峯あきら

蕨《わらび》

〈早蕨《さわらび》・初蕨《はつわらび》・蕨狩《わらびがり》・蕨山《わらびやま》〉仲春 植物

◆夏蕨《なつわらび》 初夏 植物

薇《ぜんまい》

〈狗脊《ぜんまい》・紫萁《ぜんまい》・おに蕨《わらび》・いぬ蕨《わらび》〉仲春 植物

野蒜《のびる》

〈野蒜摘《のびるつ》む〉仲春 植物

ワラビは、コバノイシカグマ科の多年草で、ゼンマイとともに春を告げる山菜の代表である。『万葉集』にも歌われている。若芽や葉を採取して食用にするほか、根茎から採れる澱粉《でんぷん》を蕨粉として利用する。毒性があるため、生のままでは食用にできない。熱湯、特に木灰、重曹を含む熱湯で、あく抜きや塩漬けによる無毒化が行われる。ワラビの名は同時にシダ類の代表的な名として流用され、イヌワラビ、クマワラビ、コウヤワラビなどに用いられている。アイヌ語でワラビを「ワランビ」「ワルンベ」と称しており、日本語由来の言葉と考えられる。

林内に出ることは少なく、火事、植林地などの攪乱《かくらん》された日当たりの良い場所に出る。山腹の畑地周辺などによく出て大きな集団となる。家畜はワラビを摂取すると中毒症状を示す。あく抜きをせずに食べると人も中毒を起こす。発癌性のあるプタキロサイドが含まれている。

ゼンマイは、ゼンマイ科の夏緑性のシダで、胞子葉《ほうしよう》と栄養葉とがあり、栄養葉の若芽は蝸牛状に巻いていて、綿毛に覆われている。早春、まだ展開しない栄養葉の若芽を摘んで乾燥させたものが食用にされる。

薇の若い葉は佃煮、お浸し、胡麻和え、煮物などにして食べる。山里では棚田の石垣に一面に生える。茹でてあく抜きし天日に干す。干しあがるまでに何度も手揉みをして柔らかくし、黒い縮緬《ちりめん》状の状態で保存する。韓国料理ではナムルの材料として使われる。東北地方では、ゼンマイの綿毛を使った織物がある。ゼンマイの布は保温性や防水性に富み、また防虫・防カビ効果もある。

ノビルは、ヒガンバナ科の多年草で、田の畦、荒れ地、土手などいたるところに群生する。ネギのような臭みがあり、茎は細長く直立し、初夏に花をつける。春の代表的な食用野草の一つで、茎と鱗茎《りんけい》を生食し、浸し物、酢味噌和え、胡麻和えなどで食べる。

ノビルは、古くは『古事記』に名が見える。滋養強壮に役立つ。地下の鱗茎も含めた全草に含硫化合体が含まれ、オオビル（大蒜）に似た含硫化合物であるが弱い。葉とともに、地下の鱗茎が食用となる。休耕地など土壌の養分が十分な場所では鱗茎がピンポン玉の大きさにもなる。鱗茎を夏に掘り取って天日乾燥したものが生薬となり、ラッキョウ（辣韮）と同じく、薤白《がいはく》と呼ぶ。

眼を先へ先へ送りて蕨採る　右城暮石
ぜんまいののの字ばかりの寂光土　川端茅舎
野蒜掘るあしたのことは考へず　鈴木真砂女

イタドリ（左）とノビル（右）のレシピ

イタドリは、アスパラガスのように太いものを選んで根元からポキッと折る。葉のあまりついていないものを選ぶ。皮を根元から剥き、固めに湯がいて流水で晒す。豚肉などと炒める。天ぷらにも。私はいつも油揚と出汁で煮る。

ノビルは、春の散歩道で採取する。農薬などの心配のない場所で、やわらかな土に生えているものを見つける。小さなシャベルなどで根ごと取る。丁寧に掃除して、酢味噌和え、きんぴら、味噌炒め、根の甘酢漬けなどに。

虎杖《いたどり》

〈さいたづま〉仲春 植物

雌雄異株のタデ科の多年草で、茎が太く直立して、高さは二メートルに達することもある。春先に伸びる若い茎は柔らかく筒状となり、赤紫の斑点がある。

漢字で「痛取」や「疼取」とも書くのは、傷薬として使われていたためである。若葉を揉んで傷口に貼ると血が止まって痛みが取れる。平安時代初期の本草書『本草和名《ほんぞうわみょう》』（九一八年）に、イタドリの名前が記されている。漢字で「虎杖」とも書き、軽くて丈夫なイタドリの茎が杖に使われ、茎の虎斑《とらふ》模様から虎の字が付いた。

北海道以南の日本、台湾、朝鮮半島、中国に分布する東アジア原産種である。日当たりの良い土手、山野、荒れ地などに群生する。荒れ地に出現する先駆植物でもある。短期間で成長して、崖崩れ跡などに繁茂する。太くて強靭な生長の早い地下茎による繁茂である。

世界の侵略的外来種ワースト一〇〇に選定されている。日本からヨーロッパに導入されて土壌浸食の防止や家畜の餌に利用された。一九世紀に、シーボルトによって観賞用としてヨーロッパへ持ち込まれた。イギリスでは旺盛な繁殖力から在来種の植生を脅かし、コンクリートやアスファルトを突き破るなどの被害が出ている。二〇一〇年、イギリス政府はイタドリを駆除するため、天敵の「イタドリマダラキジラミ」を輸入することを決めた。

若い茎は柔らかく、新芽は食用になり、根際から折り取って採取して皮をむき山菜とする。また、柔らかい葉も食用にされる。新芽は生でも食べられる。かつては外皮をむいて酸味を楽しんだが、酸味はシュウ酸で、多少のえぐみもあり、そのまま大量摂取すると下痢の原因となる。高知県では、皮を剝ぎ、塩もみをして炒め、砂糖、醤油、酒、みりん、ごま油などで味付けし、鰹節を振りかけて食べる。苦汁《にがり》や苦汁成分を含んだあら塩でもむと、苦汁に含まれるマグネシウムイオンとシュウ酸イオンが結合し、不溶性のシュウ酸マグネシウムとなり、シュウ酸以外の有機酸を残したままシュウ酸だけが除去される。

生薬となるコジョウコン（虎杖の根。茎も指定されている）は厚生労働省が定める「専ら医薬品として使用される成分本質（原材料）リスト」に収録されており、医薬品ではないサプリメントでは用いられなくなっている。

いたどりや麓の雨は太く来る　　山本洋子

勿忘草《わすれなぐさ》

〈わするなぐさ・藍微塵《あいみじん》〉晩春　植物

広義には、ムラサキ科ワスレナグサ属の種の総称である。狭義にはワスレナグサ属の一種であるシンワスレナグサの和名である。また園芸種で流通しているのは、ノハラワスレナグサ、エゾムラサキまたはそれらの種間交配種である。

植物分類学の世界では学名という厳しいものがある。学名は、植物分類学者が国際植物命名規約に従って科学的客観的に命名する。日本語ではカタカナで表記することになっている。ムラサキ科のワスレナグサはヨーロッパの原産で日本では栽培したものばかりであると言われるが、北海道や信州では自生しているところがあるという。学名は Myosotis scorpioides で、「サソリの尾状のネズミの耳」である。

ワスレナグサは花序《かじょ》の下の方から咲き始め、上部のつぼみの部分は渦巻き状に巻いていて、花が咲くにつれて、反り返って伸びていく。それがサソリの尾のようなのであろう。この植物の英語名は Forget-me-not で日本語名と共通している。フランス語でも Nem'oubliez-pas、ドイツ語でも Vergissmeinnicht である。欧米諸国では、古来、友愛や誠実の象徴として広く親しまれており、アメリカ合衆国アラスカ州の州花でもある。恋人のために花を摘もうとして川に流されたドイツの騎士が「私を忘れないで」と言って岸に投げた。だからドイツ語がもとである。日本で一九〇二（明治三五）年に植物学者の川上滝弥《かわかみたきや》が「勿忘草」「忘れな草」と訳した。花言葉の「真実の愛」「私を忘れないで」も同じ由来である。牧野富太郎《まきのとみたろう》は「和名ワスレナグサは間違いで、すべからくワスルナグサと呼ぶべし」と提唱した。そこで傍題には「わするなぐさ」も入れてある。

植物の学名は、属名（genus name）、種小名（specific epithet）をラテン語形で列記し、最後に命名者を付記するという二命名法で表記される。この命名法は「分類学の父」と称されるカール・フォン・リンネ（一七〇七〜七八）が体系づけた。ラテン語表記を共通ルールとすることにより、世界で植物の名前を共有することができる。属名、種小名にどのような名を付けるかは、命名者に任されているが、種小名には植物の状態に関するもののほか、地名、人名、土着名などが用いられる。

勿忘草わかものの墓標ばかりなり　石田波郷

桜《さくら》

〈朝桜《あさざくら》・夕桜《ゆうざくら》・夜桜《よざくら》・老桜《ろうおう》・里桜《さとざくら》・楊貴妃桜《ようきひざくら》・薄墨桜《うすずみざくら》〉晩春　植物

◆山桜《やまざくら》　晩春　植物

サクラの原産地はヒマラヤと言われ、北半球に広く分布する。それとは別にネパールから贈られたヒマラヤザクラというのが熱海にあるが、この桜は冬に咲く。日本で国花のように扱われている。世界的には花より果実が重視されており、涼しい気候の地で初夏に実る。サクラは突然変異の頻度が高いということから園芸種が多くできた。園芸種をまとめて「里桜」と呼ぶことがある。ボタンザクラ（牡丹桜）は里桜の一つで、花弁は多いが、裏返して重厚な花びらを支えている萼《がく》を見ると、五枚しかないことに気がつく。

一本桜としての伝説や由来を持つ桜が全国にある。桜の群生には財力が必要で、普通は寺社の境内や領主の庭に植えられた一本の桜で花見が行われた。一九二二年、福島県の三春滝桜などが天然記念物第一号に指定された。

山桜の群生の代表である吉野山は「吉野の里にふれる白雪」で知られていたが、江戸時代、人形浄瑠璃の「義経千本桜《よしつねせんぼんざくら》」の大当たり以来、吉野の桜が不動のものとなった。

熱海にあるヒマラヤザクラの特徴は、広い三角形の五枚の萼である。ヒマラヤが起源と考えられており、一一月にはつぼみが膨らみ、冬にみごとな花が咲く。花には蜜が多く、果実は大きく食用になり、幹からガムが採れ、また、種はアクセサリーになっている。二酸化炭素や窒素酸化物の吸収率が、染井吉野《そめいよしの》の五倍ほどあり、将来が注目されている。東京農業大学の染郷正孝『サクラの来た道』（二〇〇〇年）に詳しい。

染井吉野の花がよくつくのは樹齢一五年から五〇年、しかも管理が必要である。切り株から生える芽（蘖《ひこばえ》）から増やすので、全国の染井吉野がクローンで、同じ気候条件で一斉に咲く。江戸《えど》彼岸《ひがん》をもとに昔京都で生み出された枝垂桜《しだれざくら》は長寿で、全国に名木が多い。

沖縄ではカンヒザクラ（寒緋桜）の花見を愉しむ。この花は風雨に負けず長く咲いた後、花ごと落ちる。沖縄ではカンヒザクラが咲くのに必要な寒さが足りず、寒波の南下を待って咲くので、桜前線が沖縄本島北部から離島へと南下する。

山又山山桜又山桜

阿波野青畝

桜

もともと日本には山や田の脇に自生する野生の桜があった。主にエドヒガンで、何百年も生きた古木が眺められていた。都ができて、桜を植えて観賞する文化が根づいた。京都や江戸などの都市部で、寺や神社に桜が集められ、名所として観賞するようになり、野生種の交配から多くの品種が生まれ、公家などの家に届けられ、京都には多くの桜が集まった。桜の品種の多さで有名なのは京都府立植物園で、170品種の桜で花見が楽しめる。

夏

- 雷・夕立　山椒魚
- 虹　章魚
- やませ　雨蛙
- あいの風　鰻・土用鰻
- 朝凪・夕凪　蜘蛛
- 滝　海月
- 夏の潮　蝙蝠
- 氷河・雪渓　鯰
- 甘酒　筍・団扇・扇
- 氷室　紅花
- 沖縄忌　菩提樹の花
- 祇園祭　仙人掌の花
- 原爆忌

雷《かみなり》

〈神鳴《かみなり》・雷《らい》・いかずち・はたた神《がみ》・鳴神《なるかみ》・雷鳴《らいめい》・迅雷《じんらい》・遠雷《えんらい》・軽雷《けいらい》・落雷《らくらい》・雷雨《らいう》・日雷《ひがみなり》〉三夏　天文　春雷《しゅんらい》　三春　天文（26頁）

夕立《ゆふだち》

〈ゆだち・白雨《はくう》・驟雨《しゅうう》・夕立雲《ゆうだちぐも》・夕立風《ゆうだちかぜ》・スコール・片降《かたぶり》〉三夏　天文

雲と雲、あるいは雲と地表との間の放電が光と音を発生する自然現象を雷という。光だけなら稲妻で、秋の季語であり、気象庁の雷の定義にも光だけのものは含められていない。夏から秋にかけて、雨をともなう放電があると、空気中の窒素《ちっそ》が大地に固定されて稲に栄養として供給されるから、放電は稲の妻であり、稲妻が多い年は豊作になると言われる。

夕立は、夏の夕方、局地的に激しく降る雨である。大粒の雨が地面を叩きつけ、雷鳴をともなう。短時間で止み、からりと晴れて涼気を感じさせる。武蔵野の夕立は馬の背を分けるといわれるほど局所的に降る。

夏の雷は、上昇気流で発生する電位差で、激しく放電して熱雷と呼ばれる。それに対して、四季をとおして寒冷前線で発生するものが界雷《かいらい》、台風や低気圧圏内などで発生するのは渦雷《うずらい》という。

こまかく分解すると、雷雲から弱い先駆放電があり、地表から伸びる線条放電があり、それらがつながると主雷撃になる。雲と地表あるいは雲と雲の電位差がなくなるまで放電が続く。夏の雷では一回の過程で一〇キロほどの範囲に何本もの電流の道ができる。雷鳴は落雷の衝撃音ではなく、放電の熱で空気の膨張が音速を超えた衝撃によって発生する。

雷にまつわるその地域の文化がある。鰤起《ぶりおこ》しなどの豊漁を知らせる雷もよく知られている。サンダーバードは、北アメリカ先住民の伝説上の巨大な鳥で、翼を打って飛ぶと雷を起こす。雷の多いのはブラジルで、毎年落雷で多くの死者が出るほどの被害がある。

落雷の一部始終のながきこと

宇多喜代子

虹《にじ》

〈朝虹《あさにじ》・夕虹《ゆうにじ》・二重虹《ふたえにじ》〉三夏　天文

雨あがりに雨粒が漂い、無風で太陽が現れると、その反対側に虹が出る。太陽を背にして立つと、それが見える。球状の雨粒へ入射した太陽光は波長に応じて屈折し、球の中で一度反射して出る。一つの雨粒から出た一つの光を観察者は見ている。雨粒が広く分布しているといろんな方向からの波長の異なる光を見ることになる。

輪の外側が波長の長い、つまり屈折率の小さい赤、内側が波長の短い、つまり屈折率の大きい紫である。これが主虹《しゅこう》で、光が強いと雨粒の中で二回反射した光も見える。それが主虹の外の副虹《ふくこう》である。副虹は輪の外側が紫、内側が赤である。主虹と副虹の間は「アレキサンダーの暗帯」と呼ばれる暗い部分になっている。主虹の外側と副虹の内側は反射光が入ってこない状態になるので、宇宙を見ていることになる。

雨粒の少ない秋には虹は出ない。春の虹、冬の虹は季語にある。夏は、夕立が止んで強い太陽の光があると鮮やかな虹が出る。冬、時雨の後に京都では昼の虹が出る。

ニュートンは虹を研究して虹は七色とした。それより前、北アメリカでも七色とする文化があったが、現代では六色である。日本でも昔、五色、六色、八色の時があった。沖縄では二色、中国では五色とされていた。虹の色が何色あるかは歴史と文化の問題なのである。虹霓《こうげい》が虹の漢語表現で、虹は、はっきりと見える主虹であり、霓はその外側に薄く見える副虹をいう。古代中国において、これらをそれぞれ雌雄の蛇または竜として、対にした表現である。

虹以外にも、七色に輝く現象がある。ハロは、太陽が透けて見える薄雲が広がった時、太陽の周りにボンヤリと見える光の輪。幻日《げんじつ》は、太陽の横で虹色に輝く現象。環天頂アークは、下側にへこんだ弓形に見える虹色現象。環水平アークは、太陽の高さが高い時に見られる現象である。（カラー１３３頁）

黒板に明日の予定虹二重　　藺草慶子

やませ〈山瀬風《やませかぜ》・山背風《やませかぜ》・青嵐《あおあらし》〉三夏　天文

◆いなさ・黒南風《くろはえ》　仲夏　天文　　白南風《しろはえ》　晩夏　天文

「やませ」は、北日本の太平洋側で春から夏に吹く冷たい、東からの湿った風をいう。力石國男「ヤマセと海洋」（一九九五年）によると、やませをもたらす寒冷な気団が親潮《おやしお》の海面を冷却するしくみがわかっているという。やませが続くと太平洋側沿岸では最高気温が摂氏二〇度を超えない日が続き、日照不足と低温で冷害を招く。

発生のしくみは気象衛星による観測データから、やませの発生時には低層大気が低温で、高層は高温であるため、冷たい空気が奥羽山脈を越えられずに滞留して低温が継続するということがわかった。その時、日本海側にはフェーン現象による日照時間の増大と気温上昇がある。「出羽は豊作、陸奥は凶作」という言葉があり、秋田では、「東風は宝風」と言われる。

やませが吹く地域では昔からの知恵でやませに対応してきた。北海道では牧畜や畑作中心で、やませの影響は少ない。南部地方から三陸海岸でも畑作や牧畜が中心である。関東の太平洋岸でも畑作、牧畜中心である。稲作の岩手県の北上盆地、宮城県の仙台平野、福島県の浜通り北部などは、やませの影響を受ける。ときに青森県の津軽平野や福島県中通りも影響を受ける。

夏の風には「黒南風」「白南風」「ひかた」「まじ」「ながし」「青嵐」「あいの風」など、地域ごとに呼び名がある。風は、地域の文化との関連をよく理解して詠まなければならない。南風と書いて、みなみ、はえ、まぜ、まじ、ぱいかじなどと読む。南からくる風のことで、漁師はこれが吹くと天候の変化の前兆として警戒する。梅雨入りの暗い南風を黒南風、梅雨明けの明るい南風を白南風という。夏の季節風で、南からの暖かく湿った風である。南風は四月頃から七月頃まで吹くが、梅雨の前後を中心に、南風に黒と白が冠せられた。

風紋に残す靴跡やませ寒　　藤木倶子

あいの風《あいのかぜ》

〈土用《どよう》あい・土用東風《どようごち》・青東風《あおごち》〉三夏 天文

『万葉集』には、大伴家持が越中守《えっちゅうのかみ》として在任していた五年間に詠んだ二二三首が掲載されている。その中に七四八（天平二〇）年に詠んだ歌がある。〈東風《あゆのかぜ》いたく吹くらし奈呉《なご》の海人《あま》の　釣する小舟《をぶね》漕《こ》ぎ隠る見ゆ〉（巻一七、四〇一七）。

「あゆの風」は新湊では「あいの風」、能登では「あえの風」と呼ばれる。「あえ」は「饗」であろう。大伴家持が住んだ国司館跡には、旧伏木測候所《ふしきそっこうじょ》があった。伏木アメダス観測所のデータがあり、それによると、冬季を中心に、やや強い北東風が吹くことがあるという。『万葉集』の歌からは、海を荒らす風で、優雅な風ではない印象である。

前野紀一の論文「あい風の正体」によると、「あい風は不思議な風である。北海道から、北陸、山陰まで、日本海沿岸のほとんどの地で知られているにもかかわらず、その全体像は曖昧模糊としている。各地のあい風はそれぞれ微妙に異なり、風向もまちまちである。万葉集や催馬楽《さいばら》ではあゆの風と呼ばれ、連歌《れんが》や俳句の季語にも使われてきた。一三〇〇年以上も昔に生まれ、各地の日々の生活や社会の変遷の中で複雑かつ多様な変化を受けてきたのが、現在のあい風である」という。

また、家持の歌には、「東風」に「越の俗語に東風を安由乃可是《あゆのかぜ》と謂う」と註がついており、この註は、編者の家持がこの地方のことを知らない奈良の都の人たちを意識してつけたものである。万葉集研究家の中には、東風としたのは家持の考え違いで、正しくは東北風とすべきだったとか、あい風に春風の意味を持たせ、かつ越中には東風《こち》という言葉がないことを珍しく思って註をつけたという考えもあるようである。しかし、前野氏によれば、局地的な風としてのあい風の特徴から、「湾曲した富山湾内の沿岸では、海から吹く風は、少し場所がずれると北風にも東風にもなる」ので、家持の考え違いともいえない。

富山県では、強いあいの風は主風向が北東で、秋から冬にかけて県西部で多く吹く。弱いあいの風は主風向が北北東～北東で、春から夏にかけて県東部で多く吹く。また、石川県では、強いあいの風は珠洲《すず》周辺では主風向が北東、他地点では北西～北である。弱いあいの風は主風向が北東で、各地で吹く。

波かぶる海鼠《なまこ》の筏あいの風

棚山波朗

朝凪・夕凪《あさなぎ・ゆふなぎ》

晩夏　天文

気温が高いと気圧が低く、気温が低いと気圧は高くなる。空気は気圧が低い方へ押し出され、これが風となる。

海岸地域で、夜の陸風から昼の海風へ変わる時、陸側と海側の大気が同じ温度になって風が止まるのが朝凪である。逆に昼から夜へ変わる時、蒸し暑くなって風が止まるのが夕凪である。気象庁で風力〇というのは風速毎秒〇・〇ないし〇・二メートルで、この時が凪である。海岸地域でも、特に瀬戸内海のように山に囲まれている海では長い時間続く。湖や池の周辺でも湖風《こふう》という風があり、琵琶湖くらいの面積になると湖風と陸風の循環があることが確認されている。

陸は暖まりやすく冷えやすい一方、海は暖まりにくく冷えにくいので、昼は陸にある空気が海にある空気よりも速く暖められ、密度が低くなって浮力を受け、上昇気流を生じる。地表付近では海から陸へ海風が吹き、上空で陸から海へ風が吹く。これを海風反流という。

このような凪の循環は海風循環と呼ばれる。夜、日差しがなくなると逆のことが起きて、上空では海から陸へ陸風反流が吹き、このような凪の循環は陸風循環と呼ばれる。これらが入れ替わるときが凪である。

凪は国字である。中国語には渟《テイ》、穏《オン》、止《シ》、鎮《チン》などの字があるが、風が止まるのを一字では表せない。凪は海に囲まれた日本列島に特有の現象で中国大陸には見られない。ヤシの葉は凪に通じるので時化《しけ》を嫌う船乗りの間ではお守りにされている。凪は時化の反対語である。時化は強風などの悪天候のために海上が荒れることで、動詞では「時化る」という。気象学の波浪《はろう》表によると、波高が四メートルを超えた場合を時化た状態という、六メートル超えを大時化、九メートルを超えると猛烈に時化ている状態と呼ぶ。時化の状態になると、船の転覆の恐れがあるために漁師は漁に出ることができない。

波風がまったくない状態を「べた凪」というが、漁師にとって多少の波は必要不可欠で、潮が動いていないのは致命傷だと言われる。

夕凪や船客すべて甲板に　五十嵐播水

滝《たき》

〈瀑布《ばくふ》・飛瀑《ひばく》・滝壺《たきつぼ》・滝《たき》しぶき・滝風《たきかぜ》・滝道《たきみち》・夫婦滝《めおとだき》・男滝《おだき》・女滝《めだき》・滝見《たきみ》〉三夏 地理

滝が季語になったのは近代であるという。滝のできている場所の大地の特徴に応じて、さまざまの滝の型が生まれた。例えば、湧水《わきみず》が壁から吹き出してできる湧水型、熔岩流《ようがんりゅう》でできた堰《せ》き止め湖の出口にある熔岩遮断型、地震断層のずれでできた断層型、浸食で川底の岩盤が出てきた浸食型などがある。滝を見るときには、周囲の状況と関連させて、その形成過程に想いをはせると楽しみ方が豊かになる。

世界有数の急流で知られる富山県の常願寺《じょうがんじ》川にある称名滝《しょうみょうだき》は、日本一の落差三五〇メートルで知られる。富山湾に注ぐ常願寺川は、約三〇〇〇メートルの標高差で、河川の延長は五六キロである。明治時代、常願寺川の改修工事で、オランダのヨハネス・デ・レーケが、「これは川ではない。滝だ」と言ったという有名な伝説があり、解釈に諸説あるが、滝は急流を緩和するので、滝を見て「滝があって良かった」と言ったのが事実だという説が納得できる。（カラー１３４頁）

滝で暮らす動物は、吸盤を持つ虫などに限られている。鮎などは流れを遡上するが、大規模な滝で阻まれると魚の分布域が左右される。鰻《うなぎ》は滝の側壁を這い登り、葦登《よしのぼり》は吸盤で吸いつきながら鉛直《えんちょく》の壁を登る。滝の近くには高い湿度に向く植物が育つ。虎杖《いたどり》、延齢草《えんれいそう》、大文字草など、滝の側には季語が多い。

滝は、あまり研究されていない地形の一つである。滝の位置は浸食によって川の上流へ移動する。川の流れから後退すると言える。有名な華厳滝《けごんのたき》、那智の滝《なちのたき》など、数万年の間には何キロも後退している可能性があるが、まだ精度の高い研究がない。滝の落ちている途中の地層に弱い部分があると、そこだけ浸食が激しくて滝の裏に洞窟ができる。その上部が崩落すると一挙に後退が進む。

エリー湖からオンタリオ湖に流れるナイアガラの滝は、カナダのオンタリオ州とアメリカのニューヨーク州との国境にあるが、最新の氷期の後に形成され、五大湖の水流が大西洋に流れ込む過程にあるこの滝も、その位置が変わっていくのである。

拝みたる位置退きて滝仰ぐ　　茨木和生

夏の潮《なつのしほ》

〈夏潮《なつしお》・青葉潮《あおばじお》・苦潮《にがしお》・赤潮《あかしお》〉三夏 地理

青葉のころの黒潮《くろしお》のことを「夏の潮」とか「青葉潮」と呼ぶ。梅雨が明けると、水温が上がり透明度が高くなって、海の色は一気に深みを増す。日本列島沿いに太平洋を北上する黒潮が鮮烈な青葉の色となる。苦潮は、海面近くにできている酸素の少ない層で、硫化水素などを大量に発生させ、養殖の魚介類に甚大な被害をもたらすことがある。

黒潮は、東シナ海から日本の南岸を北上して房総半島沖から東へと流れる海流である。この青葉潮に乗って鰹《かつお》が北上する。日本近海の代表的な暖流で、日本海流とも呼ばれる。プランクトンの生息数が少なく、透明度が高い。そのため青黒色となり、黒潮の名の由来となった。南極環流やメキシコ湾流と並んで世界最大規模の海流である。黒潮の幅は、日本近海では一〇〇キロ、最大流速は四ノット（時速約七・四キロ）、表層（海面から二〇〇メートル以内）の海水温は夏季で摂氏三〇度近く、冬季でも二〇度近くになる。高塩分で冬季には三四・八パーセントに達する。

海洋研究開発機構（JAMSTEC）のアプリケーションラボ（APL）が実施している日本沿海予測可能性実験（JCOPE）による海の「天気」予報と、関係するさまざまな話題を「黒潮親潮ウォッチ」というウェブサイトで見ることができる。

二〇一七年八月からの黒潮大蛇行は、二〇二〇年一〇月まで三年二か月も続き、記録が確かな一九六〇年代後半以降の史上二番目の期間の長さとなった。最長期間としては、一九七五年から八〇年の四年八か月である。東海沖の典型的な黒潮大蛇行の特徴は、蛇行が大きいこと、紀伊半島と潮岬《しおのみさき》での離岸、八丈島の北を流れるといった特徴がある。北緯三二度以南まで蛇行するというのが「大蛇行」の目安である。

土佐清水で生まれたジョン万次郎（一八二七〜九八）は、鰹漁に出たとき、大蛇行の黒潮に流されて鳥島に漂着、一四三日の無人島生活の末、米国の捕鯨船に救出されて渡米した。アメリカで船乗りとして活躍した後、ゴールドラッシュで資金を得て日本へ帰国し、幕末の日本で通訳として活躍した。「ジョン万次郎資料館」が土佐清水市にある。

象岩の鼻先たたく青葉潮

上田日差子

雪渓《せっけい》

晩夏 地理

◆雪渓虫《せっけいむし》 三夏 動物

氷河《ひょうが》

三夏 地理

氷河は、山地では重力、平坦な大陸では氷の重さによる圧力によって塑性《そせい》流動する、巨大な氷の塊のことを呼ぶ。氷河の周囲には、氷河湖が形成される場合がある。山地や傾斜地に、何年にもわたって氷や雪が堆積し、万年雪が圧縮され氷河ができる。氷河の下部には過去の氷期にできた氷が残っている場合がある。氷河は浸食と堆積を活発に行い、U字型の氷河地形を生みだす。

氷河には二種類の形態がある。一つは山岳地に形成される山岳氷河、もう一つは主に南極大陸とグリーンランドの広大な面積を覆う大陸氷河である。現在の陸上に見られる氷河では、南極氷床《ひょうしょう》、グリーンランド氷床が最大級である。世界での総計は一六三三万平方キロに及ぶ。陸地面積の約一一パーセントが氷河である。最も大規模な氷河が氷床で、南極大陸とグリーンランドだけに存在し、仮にグリーンランドの氷床がすべて融解した場合には海面が六メートル、南極氷床が融解すると海面が六五メートル上昇するといわれる。

歳時記には氷河は日本にはないと明記してある場合があるが、日本にたくさんの氷河が確認されている。氷河の中の小規模なものは谷氷河と呼ばれる。日本にある氷河は、すべてこの谷氷河である。日本では一九九九年、立山内蔵助《くらのすけ》カール内に永久凍土が発見されたという報告があり、数年間の調査を経て流動と維持継続が確認された。これによって、極東の氷河の南限が立山連峰となった。さらに、鹿島槍ヶ岳《かしまやりがたけ》のカクネ里雪渓などが加わり、日本国内の氷河は七か所となった。

雪渓とは、標高の高い場所の谷や沢の積雪が溶けずに残った地帯、または積雪で覆われた渓谷をいう。セッケイカワゲラ（雪渓川螻蛄）は、体長は約一センチで、翅《はね》はなく、腹部は一〇節からなり、胸部は三節に分かれているように見える虫である。大半の昆虫が冬眠状態になるか死滅する氷点下でも活動できる。雪虫《ゆきむし》として春の季語とされ、高山のものは雪渓虫として夏の季語とされている。（カラー１３５頁）

雪渓に山の険相かくされず　上田五千石

甘酒《あまざけ》

〈一夜酒《ひとよざけ》〉三夏　生活

俳句を始めた頃、夏の季語に甘酒があることを知って感銘を覚えた。麦酒、梅酒、焼酎、冷酒、甘酒と歳時記に並ぶのを見ると夏の気分である。甘酒は江戸時代から暑気払いの主役で、夏ばてを防いでくれる。

甘酒は米と糀《こうじ》と水だけで、簡単に美味しくできる。お粥を七〇度に冷まして糀と合わせ、摂氏五五度前後に保ち、ときどきかきまぜて約七時間でできる。一夜酒と言われる所以である。よい材料を選び、温度計を用意して温度管理に手間をかけると、自然の甘みが堪能できる。甘粥という呼び方もある。

酒の字が付いていてもノンアルコール飲料だから子どもにも飲ませられる。ただし、酒《さけ》粕《かす》を溶かして砂糖を入れた粕湯酒とは異なることに注意が必要である。

甘酒には抗酸化作用や美白効果がある。ビタミンB１、ビタミンB２、ビタミンB６、葉酸、食物繊維、オリゴ糖、システイン、アルギニン、グルタミンなどのアミノ酸、そして大量のブドウ糖が含まれており、これらは栄養剤としての点滴とほぼ同じである。夏ばてを防ぐ効果から夏の季語になった。江戸幕府は庶民の健康を守るため、老若男女を問わず購入できるよう、甘酒の価格を最高で四文に制限していた。武士の内職としても甘酒造りが行われていた。

「麹《こうじ》」は漢字であるのに対して、米を原料とする「糀」は国字である。奈良時代に米の「かびたち」が登場して酒につながるが、明治になって洋酒が入ってきてから、それが日本酒という呼び名になった。

糀については小泉武夫著『くさいはうまい』（二〇〇三年）などが参考になる。小泉によるる甘酒とアンパンの解説が興味深い。頭に焼き印を押した蒸し饅頭が主流であったが、一八七六（明治九）年、木村安兵衛が糀と甘酒と酒種を使ったパンに餡を入れたものを作ったのが日本で広まって、明治末、全国で一日数十万個のアンパンが売れることになったという。

御仏に昼供へけりひと夜酒　　蕪村

氷室《ひむろ》

〈氷室守《ひむろもり》・氷室《ひむろ》の山《やま》・氷室《ひむろ》の雪《ゆき》〉晩夏 生活　氷室《ひむろ》の桜《さくら》 晩夏 植物

天然氷を室に入れて夏まで貯蔵するための洞穴で、氷室守はそれを守る人である。古くは『日本書紀』に記述が見られ、氷連《ひのむらじ》という姓《かばね》が登場している。各地の氷室から宮中や幕府に氷が献上されたが、それを復活して行事とする地域も現存する。金沢市では七月一日に氷を模した氷室饅頭を食べて健康を祈る。金沢では氷室開きが一九八六年に復活し現在も続いている。

氷室があった場所は地名として残っている。京都市北区西賀茂氷室町、出雲市斐川町神《かん》氷《ぴ》氷室など各地にある。英語ではアイスハウスで、イギリス、アメリカ合衆国、イタリア、ペルシアなどで確認されている。

「氷室の桜」という晩夏の季語もある。氷室の花とも詠まれ、氷室のある近くに夏に咲く桜をいう。春の花を氷室に入れて保存しておくことという解釈もある。

穴と藁《わら》だけのものから本格的な貯蔵庫まで、冷蔵庫が利用されるまでの一般的施設であった。季語の生まれた日本列島には、中緯度の豪雪地帯があり、雪氷熱エネルギーを利用してきた。北海道穂別町、沼田町などで天然雪による冷熱利用の倉庫があり、米、ブロッコリー、ナガイモなどが保管されている。野菜は氷室で長期保存すると甘みが増す。米は「雪瑞穂《ゆきみずほ》」の名で売られている。

奈良の氷室神社は、東大寺近くにある神社で氷を祀る神社の総本社である。平城京では春日山に氷室が置かれ、宮中への献氷の勅祭を行った。平安京への遷都後に奈良にあった氷室を祀る形で設けられたのが、現在、奈良市春日野町にある氷室神社であり、氷室権現とも呼ばれる。社殿は五世紀の創祀と伝えられる。五月一日に全国の製氷業者、小売り業者が参列して献氷祭が行われる。また、樹齢四〇〇年とも伝わる江戸彼岸桜があり、染井吉野に先駆けて咲く。奈良で最初に咲くので、氷室一番桜と呼ばれる。

恋ひとつ氷室に閉ぢて帰りけり　　金久美智子

沖縄忌《おきなはき》

〈慰霊《いれい》の日《ひ》〉仲夏 行事

沖縄は日米最後の決戦地とされ、多くの市民が犠牲になり、一九四五年六月二三日、沖縄の日本軍は壊滅した。一九六二（昭和三七）年から、この日、沖縄全戦没者追悼式が行われ、沖縄戦犠牲者の遺族や子孫などが集まり、正午に黙禱を捧げる。

この日、沖縄戦の組織的戦闘が終結したことにちなんで、琉球政府と沖縄県が「慰霊の日」を住民の祝祭日に関する立法に基づいて公休日と定めた。一九七二年、日本に復帰後、「慰霊の日」は、日本の法律による休日としての法的根拠を失った。一九九一年、沖縄県が条例で六月二三日の「慰霊の日」を休日と定め、沖縄では国の機関以外の役所や学校などが休みとなった。

島田牙城は、『里』（二〇一三年九月号）で、忌とは何かというテーマで、忌日のことを論じている。忌日は、ある人の死後、その人に尊敬の念をもって寄り添いたいと願う大切な「個人の命日」である。「広島忌」「長崎忌」と言っても広島や長崎の命日ではない。多くの市民が殺された命日なのである。事件、事故、天災に「忌」を用いるのは誤用で、流布しているにしても、今後使うことはないという意を書いた。

この考えに従うかどうかは別だが、沖縄では梅雨の蒸し暑い日が続いた後、六月二三日ごろ梅雨が明けて、青い空と青い海になる。この「六月二三日」を詠むことで、沖縄の人の思いを伝えることが可能で、沖縄戦犠牲者一人ひとりの忌日である。

国土交通省は、沖縄本島を本土五島の一つとする。沖縄県は一六〇の島しょ（面積が一ヘクタール以上の島）から成り、四七の有人島と多数の無人島から成る。沖縄県の県域は、最東端から最西端まで約一〇〇〇キロ、最北端から最南端まで約四〇〇キロと広大である。南西諸島は鹿児島県から台湾近くまで延びている。その南西諸島へほぼ直角方向にフィリピン海プレートが潜り込んでいる。潜り込む前にプレートが持ち上がるように曲がって海上に出ているのが南大東島である。

絶ゆるなきわだつみの声沖縄忌　友永美代子

祇園祭《ぎおんまつり》

〈祇園会《ぎおんえ》・祇園御霊会《ぎおんごりょうえ》・山鉾《やまぼこ》・鉾《ほこ》・二階囃子《にかいばやし》・祇園囃子《ぎおんばやし》〉晩夏 行事

祇園祭のもととなった祇園御霊会の起源は、八六九（貞観一一）年である。全国に流行した疫病が、牛頭天王《ごずてんのう》の祟りであるとして、勅命により、六月七日、全国の国の数である六六本の鉾を立てた。六月一四日、洛中の男児が神輿《しんよ》を奉じて神泉苑《しんせんえん》に集まって御霊会を修した。今の還幸祭《かんこうさい》は、この六月一四日の、神泉苑に神輿を送ったことを起源としている。祇園祭は神幸祭《しんこうさい》と還幸祭の神輿渡御《とぎょ》に本質がある。

同じ年、東北地方に巨大地震があり、大津波による災害があった。祇園祭と貞観の大津波との時間的な関係から、両者に深い関連があったという考え方が成り立つ。当時、形を整えた街を構成する地域は、京、東北の多賀城《たがじょう》、九州の大宰府《だざいふ》だけであったから、多賀城の被害は京にも大きな影響を及ぼしたにちがいない。史実を時間順に並べてみる。貞観一一年五月二六日（グレゴリオ暦七月一三日）、陸奥国東方沖の海底を震源域とする巨大地震が発生し、津波による甚大な被害があった。その前後、日本列島は大地震と火山の噴火が続く大地の活動期であった。その歴史は、日本の正史六国史《りっこくし》の六番日、『日本三代実録』にある。

八六四年の富士山噴火、同年の阿蘇山噴火、八六八年の山崎断層地震、八六九年の貞観地震である。さらに続いて、八七一年の鳥海山噴火、八七四年の開聞岳噴火、八八〇年の出雲地震、八八七年には南海トラフで仁和の巨大地震が起こり、八九三年、朝鮮半島の白頭山が噴火して東北から北海道にまで降灰があった。

貞観一一年五月は小の月で二九日までだから、鉾を立てた六月七日は貞観地震から一〇日目になる。京と緊密な関係にあった多賀城は、「京を去ること一千五百里」とあるから、おそらくは五日くらいで知らせが到着したであろうと思われる。陸奥国で起きた災害を知った朝廷は、御霊会の勅令を発することができたのである。

ところで、現在の祇園祭の日付は、さまざまの変遷を経て決まったようである。旧暦明治五年一二月二日、翌日を新暦六年一月一日とすると、突然に決められた。それは、明治政府では役人の報酬が月給で定められており、旧暦の明治六年は閏月《うるうづき》があって一三回の月給を払う必要があることに政府が気づいたからである。祇園祭の日付はその余波を受けて、かなり乱れてしまった。旧暦六月七日、一四日の祇園祭は、明治六年以後、かなりばらばらに行われ、一八八八（明治二一）年からは、七月一七日と二四日になった。

ついでながら、貞観地震の時代の地震や噴火の歴史が記録された『三代実録』を編修したのは、菅原道真たちであった。道真は、八五九（貞観元）年に一五歳で元服、一八歳で文章生《もんじょうしょう》試験に合格、八六七（貞観九）年、文章生中で特に優秀な文章得業生《とくごうしょう》となり、方《ほう》略試《りゃくし》（議政官資格試験）を受ける資格を与えられたという。方略試受験は、三年後に行われ、「氏族を明らかにせよ」という問題と「地震を弁ぜよ」という問題が出された。大学者の都良香《みやこのよしか》による採点で「中の上」という成績により及第した。

このような、国の最上級職を争う人たちのための試験問題から見ても、試験の前年に貞観地震が発生するまでの日本列島で、地震や噴火がたいへん目立つ現象として認識されていた状況が、十分に伝わってくると思う。

東山回して鉾を回しけり　　後藤比奈夫

原爆忌《げんばくき》

〈原爆《げんばく》の日《ひ》・広島忌《ひろしまき》・八月六日《はちがつむいか》・長崎忌《ながさきき》〉晩夏・初秋 行事

広島忌は八月六日で夏の季語、長崎忌は八月九日で秋の季語である。

一九四二（昭和一七）年一二月八日、日本の理化学研究所で仁科芳雄《にしなよしお》が原子爆弾の研究活動を開始した。米国のマンハッタン計画も一九四二年に開始された。

一九四五年八月六日、広島にリトルボーイが自動投下され、四三秒後に核分裂を起こした。広島の原爆死没者名簿に二〇二〇年八月六日現在、三二万四一二九名が記載されている。一九四五年八月九日、長崎の上空九六〇〇メートルで投下された爆弾が、高度五〇〇メートルで核分裂を起こした。自然には少ないプルトニウム二三九が巨大プラントで生産されて使われ、一八万五九八二名が死亡した。

終戦の日にラジオで仁科が原子爆弾を解説した。一九四五年七月一六日のトリニティ実験以来、今までに、大気圏外、大気圏内、水中、地下で二三七九回の核実験が、多くの国家によって行われてきた。

広島平和記念資料館が管理する原爆、平和関連の資料をデータベース化した平和データベースがあり、例えば資料館が所蔵する「被爆資料」を検索すると、原爆の犠牲になった方が身につけていた服や時計、熱線で焼けた瓦、火災で溶けて変形したガラス瓶や茶碗、硬貨のかたまりなど、被爆の惨状を伝える資料が公開されていることがわかる。配給の衣料切符や防空頭巾《ずきん》など当時の生活を物語る資料もある。現物を保存することで、被爆の実態が後世に伝わる。

一方、原子力発電所は、二〇二〇年現在、世界に四三七基あるという。核燃料物質は、核分裂や核融合でエネルギーを利用するが、ときに大災害をもたらす。このような核物質を子孫に残さないために、それらの生産をまずやめて、核物質を安全なものにする技術を確立することが今なすべきことではないだろうか。

草も木も空も大地も原爆忌　　尾池和夫

広島忌振るべき塩を探しをり　　櫂未知子

山椒魚《さんせううを》

〈はんざき〉三夏 動物

サンショウウオ目の両生類の総称である。トカゲのような姿で小川の源流近くなど、水の湧き出るあたりや渓流に棲息している。小魚、カニ、カエルなどを捕食する。名の由来は、山椒に似た匂いがあることによる。

「はんざき」はオオサンショウウオの異名である。一メートルを超えるまでに成長するのはオオサンショウウオだけで、世界最大の両棲類である。他のサンショウウオが成長して陸に上がるのと違って、オオサンショウウオは一生を水中で暮らす。昔の形を残しているので「生きた化石」と呼ばれている。国の特別天然記念物に指定されており、観察して詠むだけにすることが基本である。京都の鴨川には、台風の増水で流されてきたオオサンショウウオが土手で見つかることがある。

オキサンショウウオというのが隠岐の島町（島後《どうご》）だけに生息している。体長一一センチほどで小さい。やはり幼生は水性で、島後の渓流にいる。成長すると陸で生活する。産卵期以外は陸の倒木の下や石の下にいる。遺伝子から、渓流に棲むタイプが池に棲むタイプに進化し、また渓流の環境に棲むようになったという逆戻り進化をしたことがわかっており、世界的に珍しい生物であり、大山《だいせん》隠岐国立公園は「世界の希少種最後の生息地」のリストに掲載されている。

日本全土には四四種類の小型サンショウウオがいる。多くの種類が渓流の石の隙間や林に積もった落ち葉の下などで暮らす。伏流水の中で暮らすものもいる。トウキョウサンショウウオ研究会の川上洋一によると、狭い範囲で他と交流せずに代を重ね、地域特有の姿と生態に進化しているという。最も極端な例はトサシミズサンショウウオで、わずか数か所の水たまりで確認されているだけだという。シコクハコネサンショウウオやヤマグチサンショウウオなど、海を挟んで離れた地域に分布している種類があり、かつて四国から山口へ流れていた河があったことの証拠になるかもしれない。

浮かび来て大はんざきの気泡吐く　　右城暮石

オキサンショウウオ

オキサンショウウオは隠岐島後でのみ確認されている。固有の小型サンショウウオで、珍しい特徴を持つ。渓流に棲む型に逆戻り進化をしたことが知られている。環境省レッドリスト（2012）で絶滅危惧種II類に指定されている。隠岐郡西ノ島町の黒木御所前の海岸で初めて発見された（一般社団法人隠岐ユネスコ世界ジオパーク推進協議会提供）。

章魚《たこ》

〈蛸《たこ》・蛸壺《たこつぼ》〉三夏 動物

タコは高い知能を持つ。形を認識し、問題を学習して解決することができる。密閉されたねじ式のガラス瓶の餌《えさ》を視覚で認識し、蓋を開けて餌を取る。タコは白い物体に強い興味を示す。身を守るため保護色に変色し、地形に合わせて体形を変え、その色や形を二年ほど記憶できることが知られている。人が割って捨てたココナッツの殻を組み合わせて防御に使っていることが確認され、無脊椎《むせきつい》動物で道具を使う初めての例として科学雑誌に論文が出た。

柔軟な体は筋肉で、強い力を発揮する。体で固いのは眼球の間の脳を包む軟骨と嘴《くちばし》のみである。そのため狭い空間を通り抜けることができ、水族館で飼育する場合の逃走対策が重要である。

複数の吸盤がついた八本の触腕《しょくわん》を持つ。一般には足と呼ばれる。英語では腕(arm)と呼ぶ。見た目で頭に見える丸く大きな部位は、実際には胴部であり、頭は触腕の基部に位置して、眼や口が集まっている。つまり頭から足が生えているのである。イカも同じ構造で、「頭《とう》足類《そくるい》」と呼ばれる。

危険を感じると黒い墨を吐いて姿をくらます。捕らえられた触腕を切り離して逃げることができるが、触腕は再生する。そのとき分かれて生えることもあり、極端なものでは、日本で九六本足の蛸が見つかり、志摩マリンランドに標本が展示されている。

吸盤は、たいていのものには吸着できて、切断されてもその力は続く。吸盤は自分の体には吸着することはないが、その原理は判明していない。皮膚に何らかの自己認識機構が存在するという説がある。吸盤は更新される。古い吸盤を剝がすために激しく腕をすり合わせることがある。八本の触腕のうち一本は交接腕と呼ばれ、先端が生殖器になっており、雌の体内に挿入され精莢《せいきょう》（精子が入ったカプセル）が受け渡される。ほとんどのタコの雌は、生涯に一回のみ産卵して死んでしまう。タコの寿命は不明である。

蛸壺の海に大島小島かな　百合山羽公

雨蛙《あまがへる》

〈枝蛙《えだかわず》・青蛙《あおがえる》・夏蛙《なつがえる》・森青蛙《もりあおがえる》〉三夏　動物

アマガエルの皮膚は湿度や気圧に敏感で、夕立が迫ったり、雨模様になると繁殖期でなくても鳴く。その泣き声は「レインコール」と言われる。冬眠から覚めたときや晩秋には雨に無関係に鳴く。鳴くのは雄である。

ニホンアマガエルは日本の他、朝鮮半島、中国の東北部に広く分布している。ニホンアマガエルの寿命は飼育下で五年、野生で数年という。気温が下がると冬眠する。体長二・五センチから四センチほどである。木の葉や草の上に棲んでいる。目の後ろに黒線があり、体の色は木の葉にとまると緑色、木の幹や地上にいると茶色というように変化する。木の枝にとまることもあって枝蛙とも呼ばれる。英語ではJapanese tree frogという。

雨という字が付いているので水にいると連想することがあるが、平地から低い山地に棲み、繁殖期にだけ水辺にくる。水田などで生まれたとき、群で上陸し、あぜ道を横切ることもある。小さいから踏まないようにしなければならない。

アマガエル

ニホンアマガエルは、全国の水田近くの陸にいて、「ゲッゲッ」「クワックワッ」と鳴く。低気圧が近づくと鳴く。また、周囲の景色に似た色に変化する。

シュレーゲルアオガエルは、北海道以外の水田などの近くにいて、「キリリリ」と鳴く。褐色に変化できる。

モリアオガエルは、本州中央部から日本海側の山地や森にいて、「カラララッ」と鳴く。地域で模様が異なる。指が長く、水かきが発達している。
※写真のアマガエルはほぼ実物大

ヒキガエル（蟇）の毒はブフォトキシンで犬が泡を吹いて倒れたという報告があるが、ニホンアマガエルも「ヒストンＨ４」という溶血性蛋白質の毒を持っており、それによって皮膚を細菌などから守るために分泌する。微生物の細胞膜を溶かす作用があるので、手に傷のある人がアマガエルに触ったらすぐに手をよく洗った方がいい。

アマガエルは肉食で、昆虫類やクモ類を捕食する。動いているものに反応するので、死んだものや動かないものは食べない。夜、人家の窓などの明かりに集まる昆虫を捕食する。天敵はサギ、アカショウビンなどの鳥類、ヤマカガシやヒバカリなどの蛇、イタチやタヌキなどの哺乳類だが、大型のカエル、タガメやゲンゴロウなどの肉食水生昆虫、ナマズ、ライギョなどの肉食魚類からも捕食される。アマガエルは人を恐れず、手のひらに乗ったり、歩いて腕をよじ登る。人里や里山に棲息し、人がいない場所にはいない。水田とともに分布を広げた可能性も考えられている。

太郎冠者仕るべく青蛙

阿波野青畝

土用鰻《どよううなぎ》

晩夏　生活

◆土用《どよう》〈土用入《どよういり》・土用太郎《どようたろう》・土用次郎《どようじろう》・土用三郎《どようさぶろう》・土用明《どようあけ》〉晩夏　時候

鰻《うなぎ》

三夏　動物

鰻は大好物の中でも最高で、美味しい鰻を探す。たれが絡むかば焼きに幸せ感がある。天然と養殖、国産と外国産など、さまざまな違いがある。全国淡水魚荷受組合連合会に聞くと、天然と養殖での味の差はないという。餌や養殖の技術が向上したからだという。ウナギは、シラスウナギを仕入れて、ビニールハウス内の池で約一〇か月から一年半の期間で養殖する。ウナギは冬眠する魚なので、温かい水温が適している。冬眠すると餌を食べないので成長が遅れる。養殖では水温を保って冬眠させない。国産と外国産でも、味の違いはないという。現在、台湾と中国からの輸入が多い。値段に差があるのは、国産の方が人気があるからだという。美味しい鰻を食べたい場合は、蒲焼き専門店で裂きたての鰻を注文するのがいい。

ウナギ科は、ウナギ目に所属する魚類の分類群の一つで、ニホンウナギ、ヨーロッパウナギなど降河性の回遊魚を中心に、少なくとも一属一五種が含まれる。ウナギ科魚類が、なぜ長距離の回遊をし、産卵場所へなぜたどり着くのかは、わかっていない。

ウナギ科の起源は白亜紀（約一億年前）で、大陸が現在の位置に移動する以前、ごく狭い海域で産卵していた可能性がある。海洋底の拡大で距離が遠くなっても、産卵に適した水温や水深という条件を変えることなく、現在の旅を続けることになったと推測される。私は以前、日本経済新聞のエッセイに「ニホンウナギの記憶」という題でその説を書いたことがある。

日本では縄文時代の遺跡から鰻の骨が出土する。徳川時代、干拓でできた湿地に鰻が棲みつくようになり、労働者の食べ物となった。江戸で濃口醤油が開発され、たれで味付けして食べるようになった。土用の丑の日や夏バテ予防に鰻を食べるが、旬は冬眠に備えて身に養分を貯える晩秋から初冬にかけての時期である。鰻の血は哺乳類に対して有毒であるが、摂氏六〇度以上で加熱すれば毒性を失う。

独り子が寒の鰻を惜しみ食ふ　　沢木欣一

蜘蛛《くも》

〈蜘蛛《くも》の囲《い》・蜘蛛《くも》の巣《す》・蜘蛛《くも》の糸《いと》・女郎蜘蛛《じょろうぐも》・蜘蛛《くも》の太鼓《たいこ》・蜘蛛《くも》の子《こ》〉三夏 動物

クモ学者はまず、クモを分類する。クモを判別するには顕微鏡が必要である。同じに見えても異なり、異なって見えても同じというのが多い。

日本では斎藤三郎、八木沼健夫らによる図鑑が一九六〇年頃次つぎと出版された。それぞれにかなりの種数を紹介し（原色図で斎藤は二二六、八木沼が三三五）、クモ類研究の裾野を広げるのに大きな力となった。それ以降、研究は進むが未解明なことが多い分野であって、クモの分類については最新の知識を確認することが重要である。

クモの糸の研究では、奈良県立医科大学名誉教授の大崎茂芳が知られている。彼は、早い時期からクモの糸の物理化学的性質をくわしく研究していた。まず、クモの糸から究極の危機管理法を発見した。生体が分泌する蛋白質としてクモの糸の研究に取り組み、クモの命綱の強度がクモの体重のちょうど二倍であり、命綱は電子顕微鏡で見て二本のフィラメントであることを明らかにした。一本が切れても、もう一本でクモの重さを支えることができるのである。一本は「ゆとり」として働いている。この「二」という数値が工業的素材、橋、家の構造物など社会における危機管理に適用できることがわかっている。

さらに、クモの糸は絹糸よりも高い紫外線耐性を持つことを明らかにした。また、クモの糸の強度を証明するために、クモの腹から集めた糸で直径三ミリの紐を作り、体重六六キロの人がぶら下がる実験を行い、その結果がクモの糸の防弾チョッキや縫合糸《ほうごうし》などへ用途を広げるきっかけとなった。最も有名なことは、クモの糸でヴァイオリンの弦を作成して演奏し、周波数解析をして、非常に多くの倍音が測定され、柔らかく深みのある音色が得られることを証明したことである。

鶴岡市と山形県が誘致して、慶應義塾大学先端生命科学研究所が二〇〇一年に設立され、合計約一七四億円を資金調達して世界的に注目を集めるスパイバー社が山形に生まれた。夢の素材と言われるクモの糸を実用化することを目的としている。ＮＡＳＡや米軍が膨大な研究資金でも開発に失敗するほどの、全人類未踏の領域に挑戦するのである。

夕空に蜘蛛がほとけの糸を吐く　　飯田龍太

ひややかや道をよぎりて蜘蛛の糸　　長谷川櫂

海月《くらげ》

〈水母《くらげ》・水海月《みずくらげ》〉三夏 動物

京都大学にフィールド科学教育研究センター瀬戸臨海実験所があり、そこで研究していた久保田信がクラゲの研究を続けており、二〇一八年三月に定年退職した後は、南紀白浜でベニクラゲ再生生物学体験研究所を自ら設立して研究を続けている。クラゲのことなら、クラゲを愛して止まない彼に聞くのが一番である。

久保田は、幼い頃から海洋生物に興味を持った。地球上に存在する生物をすべて調べるには人間の一生では足りないため、一九九六年、イタリアのレッチェ大学の研究者が初めてベニクラゲの不老不死性を発見したことに感銘を受けて、久保田は「不老不死になって研究ができる」と、ベニクラゲの研究に没頭した。

ベニクラゲは、サンゴやイソギンチャクの仲間で刺胞《しほう》動物門に属している。世界中の暖かい海に分布し、地域ごとにいろいろな種に分かれている。普通のクラゲは有性生殖を終えると海に溶けて消えるが、ベニクラゲは消えずに肉団子の状態になり、ポリプと呼ばれる植物の根のようなものを伸ばし、やがて若いクラゲに分離して新たな命として動き出す。このサイクルは約二か月で、これを繰り返すことで、同じ遺伝子のまま若返る。まさに不老不死である。

久保田は、毎日数時間をかけて、体長一ミリに満たないベニクラゲに、針で小さく切ったプランクトンの餌をやる。顕微鏡で見ながらクラゲの口まで持っていって食べさせる。食べ過ぎると死んでしまう。水も汚れないよう取り替える。そして、若返りの時期になると一週間、不眠で観察する。地道な努力で、二〇一一年に一匹で一〇回という若返りの観察記録を達成した。

クラゲはプランクトンとして生活している。多くのクラゲは傘周囲の環状筋で傘を開いたり閉じたりして反対方向に進行する。時折泳いで水中を漂う。飼育する場合には水流を作らないと水底に沈む。沈みかけると浮き上がるが、繰り返ししてしだいに弱る。

くらげふえし海よりかへり来る裸　　　久保田万太郎

蝙蝠《かうもり》

〈かわほり・蚊喰鳥《かくいどり》〉三夏 動物

ウイルスの自然宿主にはコウモリが多い。コウモリの次は霊長類、齧歯類《げっしるい》の順になるという。世界で新たな人獣共通感染症が発生するリスクの高い地域としては、コウモリではアジアの一部と中南米で多く、霊長類では中米、アフリカ、東南アジアに集中し、齧歯類では北米、南米、中央アフリカの一部とされている。

コロナウイルスも人獣共通感染症で、最初に発見されたのが一九六五年という新しいウイルスである。このウイルスが注目されたのは、SARSが流行した時で、SARSの自然宿主は当初、ジャコウネコと考えられていた。その後、同じウイルスがキクガシラコウモリの一種で発見され、現在では、コウモリのSARSウイルスを共通祖先としてヒトとジャコウネコに感染したとされている。

コウモリは、その種類の多さが特徴である。哺乳類の種類の約二〇パーセントはコウモリとされている。その種類は九〇〇種を超える。地球上の広い範囲に棲息する。また、コウモリは、多くの哺乳類が持つ遺伝的特質の原型を持っているために、コウモリの古い形質の遺伝子で保存されてきたウイルスは、変異すると他の哺乳類へ感染する能力を持ちやすい。

さらに、種類によって長距離を飛翔するという特徴があり、ウイルスを広い範囲に感染させる能力を持っている。多くの種類のコウモリは冬眠するが、ウイルスもコウモリとともに越冬し、長く生きることができる。

また、コウモリの寿命は長く、三〇年以上も生きる種もあり、コウモリはウイルスの蓄積源になる。コウモリの生息域が自然破壊で狭められたために、ヒトとあまり接触しなかった種類のコウモリが身近に現れるようになってきたとも言われている。コウモリとの関連で、今後も新たなウイルスが出現して人類の脅威になる可能性がある。

冬眠の蝙蝠に似て不透明

金子兜太

鯰《なまづ》

〈梅雨鯰《つゆなまず》・ごみ鯰《なまず》〉仲夏　動物

ナマズは、北海道をのぞいて日本などアジアに広く分布する。ビワコオオナマズは全長一メートルにもなる。ナマズは蒲鉾《かまぼこ》の材料に用いられたこともあったが、鍋物やかば焼きに適している。アメリカナマズは食用になっており、アメリカ合衆国の水産養殖の生産量の二分の一を占める。ミシシッピ、アラバマなどの州に大きな養殖場がある。ナマズ目は約二〇〇〇種あり、硬骨魚類の大きな集団で、南北両極地をのぞいて地球のほぼ全域に棲む。アマゾンでもナマズは蛋白源として重要であり、針のような小さいものから四メートルの大魚まで一〇〇〇種類ほどいる。人喰い鯰もいて、自分より大きな相手の体に穴をあけてから中に入り込んで、中から体を食べてしまうという。

一八五五（安政二）年の江戸の大地震のころ、人びとは鹿島大明神が要石《かなめいし》で地震を起こす地中の鯰を押さえていると信じていた。この地震が起こったのは神無月（旧暦一〇月）で、鹿島大明神が出雲に出向いて留守であった。この地震のあとに出た「鯰絵」の種類は四〇〇以上と言われている。

　俳人の永田耕衣は、一九〇〇年に生まれ、二〇〇〇年八月二五日に亡くなった。神戸市にあった耕衣の自宅は一九九五年の阪神大震災で倒壊したが、ちょうど便所にいた耕衣は圧死を免れた。倒壊した家の中で洗面台を打ち鳴らしながら救出を待ったという。九五歳の俳人の生還は、人びとの話題になった。その後、特別養護老人ホームに入って俳句を詠み続けた。耕衣の句に鯰を詠んだ句が多い。


泥鰌浮いて鯰も居るというて沈む　　　　永田耕衣

　安政の江戸地震のことを書いた『安政見聞誌』には、鰻を獲るつもりの篠崎さんが、鰻は獲れずに鯰を得たことから、言い伝えを思い出して、家財道具を出して異変に備えたという話がある。大正の関東地震の前日には、向島《むこうじま》で鯰が跳ねた。藤沢市の鵠沼《くげぬま》でバケツに三はいもの鯰が獲れたという話もある。

　鯰と地震の関係を考察した人たちは、「瓢簞鯰《ひょうたんなまず》」ということばから地震と鯰の関係を分析する。ぬるぬるしたものを丸いもので押さえるむつかしさを表現する「瓢簞鯰」は、不安定なものを表すのだが、その不安定さの代表として地震が思い浮かべられたのだろうという考えである。日本列島を大蛇がぐるりと巻いている絵が一一九八（建久九）年に作られた暦の表紙にある。この大蛇が鯰に変化したのが江戸時代中期だといわれている。

地震と鯰の関係が明らかな形で登場した古文書は、わたしの知るところでは、一五九二（文禄元）年一二月一一日の秀吉の手紙である。この時、秀吉が伏見に城普請《しろぶしん》の縄打を命じているのであるが、佐賀の名護屋から秀吉が京都所司代の前田玄以に宛てた書状に次のように書かれている。「又、ふしみ（伏見）のさしつ（指図）もたせ、大く（大工）のかてん（合点）いたし候を一人めしつれ候てこし（越）可申候。ふしみのふしん、なまつ（鯰）大事にして候まゝ、いかにもへんとう（返答）にいたし可申候間、……」

地震のことを大事にしなければいけないということを伝えている。その少し前、一五八六（天正一三）年に、中部地方の大地震で、飛驒の国で、帰雲城《かえりくも》などが倒壊して多くの死者を出したり、近江の長浜でも死者があった。

この頃ちょうど、一六〇五（慶長一〇）年の南海トラフの巨大地震に先行する西日本は内陸地震の活動期であった。この秀吉による指月《しげつ》伏見城の天守も、一五九六年の有馬－高槻構造線活断層に発生した大地震で倒壊し、多数の死者を出すこととなった。

筍《たけのこ》

〈笋《たけのこ》・竹《たけ》の子《こ》・たかんな・たこうな〉初夏　植物

◆竹《たけ》の花《はな》〈竹《たけ》咲《さ》く〉仲夏　植物

団扇《うちは》・扇《あふぎ》

〈扇子《せんす》・白扇《はくせん》・絵扇《えおうぎ》・古扇《ふるおうぎ》〉三夏　生活

筍の栄養価は高い。炭水化物、糖分、食物繊維、脂肪、蛋白質、ビタミン、ミネラルなどを含み、とくにカリウムが多い。

山城や京都西山の麓にモウソウチク（孟宗竹）の筍の産地があり、全国に出荷される。活断層運動で隆起した山地から、沈降する盆地へ土砂が流出して扇状地を作る。ずれの運動でできた崖に沿った岩盤は破砕されていて崩れやすいので、モウソウチクを植えて補強した。明治の陸地測量部の地図を見ると、竹林の列と活断層がみごとに対応しているのがわかる。
地下茎は節《ふし》ごとに根と芽を備えている。芽が出ると一日に数センチ、数日たつと時に一日一メートルほど伸びる。つる性以外で最も成長が速いので、うっかり荷物を掛けておくと困ることになる。地中で節が形成されていて、根に近い節から順に伸びる。モウソウチクで節の数は六〇くらいで、同じ地下茎には同じ数の節がある。

タケやササはイネ科の植物である。皮が成長後、落ちるのをタケ、皮が脱落しないのをササと呼ぶ。花は、めったに咲かないが、ササで五〇年、タケで一〇〇年に一度くらい花が咲く。花はイネの花に似ている。筍、つまりタケは、クローンで無性生殖である。遺伝子に傷ができたりして、クローン寿命がくると、開花して有性生殖となり、新しい竹林を作る。

京都四条で京扇子の店の看板に目がとまる。木目の美しい板に篆書《てんしょ》で「舞扇堂《まいせんどう》」と書かれている。店を出すとき書家の杭迫柏樹《くいせこはくじゅ》に揮毫《きごう》を頼んだという。杭迫は近代化とともに失われた暮らしの中の書を復活させようと提唱しており、街中にもっと書があっていいという。

竹の花乙訓滅ぶかも知れず　大石悦子

京の花街では、夏の挨拶に芸妓さんや舞妓さんがお得意先へ名入りの団扇を配る風習がある。初夏の頃、お料理屋さんやご贔屓《ひいき》の店先に、きれいどころの名前が華やかに飾られている。

京都市伏見区の深草という地名は、平安時代に竹藪が多い場所であったため深草と名付けられたという。住井家の先祖は、一五七〇（元亀元）年に、正親町天皇に随行して深草にうつり、天皇の命をうけ、深草の竹を使った団扇作りを差配するようになった。小丸屋は一六二四（寛永元）年に創業し、四〇〇年近く伝統の技法を受け継いできた。京の花街で夏に配られる舞妓や芸妓の名が書かれた「京丸うちわ」が、その流れをくむ代表的なもので、小丸屋は現在も京都の五花街の団扇を作り続けている。

また、日本舞踊の演目ごとの舞扇子も常時取り揃えており、京都の春の風物詩「都をどり」「京おどり」「鴨川をどり」「北野をどり」の舞扇子や舞台小道具も担当している。（カラー136頁）

紅花《べにばな》

〈紅藍花《べにばな》・紅粉花《べにばな》・紅《べに》の花《はな》・末摘花《すえつむはな》〉仲夏 植物

ベニバナは、紅藍花とも紅粉花とも書き、末摘花という雅称でも呼ばれる。キク科の一年草または越年草で、六月の終わりごろから七月の初めに紅黄色の頭状花を開く。朝露の乾かない間に花を摘んで紅の原料とする。食用油の原料としても知られている。

植物油用としては、大きく分けてハイリノール種とハイリノレイック種に分けられる。後者はリノール酸に代表される脂肪酸の含有率が低く、リノール酸の過剰摂取が問題となって以降、生産量を伸ばしている。生薬としては、乾燥した花は「紅花《こうか》」と呼ばれ、血行促進作用がある生薬として日本薬局方に収録されている。この生薬は養命酒にも含まれる。また、ベニバナから作った生薬を体のツボ（経穴《けいけつ》）などに塗る紅灸という灸《きゅう》の一種もある。葛根紅花湯、滋血潤腸湯、通導散などの漢方方剤に使われる。

ベニバナは、エジプト原産といわれており、古くから世界各地で栽培されている。日本にはシルクロードを経て四世紀から五世紀ごろ渡来したといわれるが、六世紀に伝来したという説もある。

平安時代に千葉県長南町で栽培され、江戸時代中期以降、山形県最上地方で栽培されている。中国産のベニバナの輸入、合成可能なアニリン染料の普及で衰退し、今では紅花染めなどにわずかに栽培されている。ベニバナは山形県の県花で、河北町には紅花資料館がある。

山形で摘まれたベニバナが昔から京都の紅の原料に使われてきた。花びらにわずかに一パーセント含まれる色素で紅が作られる。江戸時代には「紅一匁《もんめ》金一匁」と言われたほど高価なものであり、ベニバナを摘む農家の娘たちとは無縁であった。紅餅にして発酵させることで鮮やかな紅が得られる。古くは中国晋代の『博物誌』に見られる伝統的な技法である。（カラー１３７頁）

みちのくに来てゐる証紅の花

森田　峠

菩提樹《ぼだいじゅ》の花《はな》

仲夏 植物

ボダイジュは、中国原産の落葉高木。高さは一〇メートルほどになる。花期は六月から七月で淡黄色の花を咲かせる。日本へは、臨済宗の開祖栄西《ようさい》が中国から持ち帰ったと伝えられる。日本では各地の仏教寺院によく植えられている。

釈迦《しゃか》は菩提樹の下で悟りを開いたとして知られるが、釈迦の菩提樹は、これではなく、クワ科のインドボダイジュ（印度菩提樹）のことである。中国では熱帯産のインドボダイジュの生育には適さないため、葉の形が似ているアオイ科の本種を菩提樹としたと言われている。これは、熱帯地方では高さ二〇メートル以上に成長する常緑高木である。葉の先端が長く伸びるのが特徴で、他のイチジク属と同様、宿主植物にとっては絞め殺しの木となる。耐寒性が弱いが、関東以南の温暖な地域で路地植えで越冬できたり、または鉢植えの観葉植物として出回っている。インドの国花になっていて、仏教を受けた国々に広く栽培されている。日本では、各地の仏教寺院で、代用としてアオイ科の植物のボダイジュが植えられていて、そのための菩提樹の誤解がある。

また、フランツ・シューベルトの歌曲集『冬の旅』第五曲「菩提樹（Der Lindenbaum）」に歌われる菩提樹も異なっていて、近縁のセイヨウシナノキである。別名はリンデンバウムで、ヨーロッパでは古くから植えられており、木材は楽器や木彫材などに利用された。また、樹皮は繊維を採るために利用される。ハーブとしても利用され、フランス語由来のティユールで知られる。花は蜂蜜の蜜源として珍重されている。

植物学者カール・フォン・リンネの姓の由来は「シナノキ」であると伝えられるが、このセイヨウシナノキか原種のフユボダイジュであると考えられる。中世ヨーロッパでは、自由の象徴とされた。ドイツの首都・ベルリンの大通りであるウンター・デン・リンデンの両側に街路樹として植えられている。

さらに、オオバボダイジュは、落葉高木で、普通、樹高は六ないし八メートル、北海道、本州の東北、北陸、関東地方北部に分布し、山地の落葉樹林内に生育する。


菩提樹の花の真昼の香なりけり　　石田勝彦

仙人掌の花《さぼてんのはな》

〈覇王樹《さぼてん》・月下美人《げっかびじん》〉晩夏 植物

伊東市に「伊豆シャボテン動物公園」があるように、シャボン（石鹼）として使ったのでサボテンの名が付いたといわれる。日本には一六世紀後半に南蛮人によって持ち込まれた。彼らはウチワサボテンの茎の切り口で畳や衣服の汚れをふき、樹液を石鹼として使っていたので、石鹼体《さぼんてい》と呼ばれたという説がある。

サボテンの種子繁殖は、よく試みられるが、自分の花粉とは交配しない自家不和合性の種類が多く、同種別個体の花粉を授粉する必要がある。挿し木はクローンであるから有性生殖ができない。

サボテンはサボテン科の多年生植物で、盛夏に花をつける。葉は刺《とげ》状に変化しており水の蒸発を防ぐ。茎は深緑色で、扁平、円柱、楕円など多彩な形で、観賞用にも多用されている。

サボテン類の原産地は南北アメリカ大陸および周辺の島に限られる。乾燥地で見られる種が多い。中南米熱帯の森林地帯で樹木や岩石上に着生して育つ種や高山に生える種、北米の湿潤な温帯や冷帯に育つ種もある。分布域の気候は多様で、氷点下になっても生存する種もある。

ヒモサボテン属のドラゴンフルーツやウチワサボテン属のトゥナは一般的な果物である。ウチワサボテンの若い茎節《けいせつ》（ノパル）は、メキシコ料理では野菜の扱いである。ミネラル、繊維質、ビタミンを含み、大切な栄養源である。傷の手当、熱さまし、肥満、糖尿病、二日酔い、便秘、日焼けによるシミの予防などの民間薬となっている。ノパルの棘を抜いて焼いたサボテンステーキは日本でも食べられる。

ゲッカビジンは、メキシコの熱帯雨林地帯原産地で、サボテン科クジャクサボテン属の常緑多肉植物である。夜、白い花が数時間だけ咲き、濃厚な香りがある。一夜明けると、ゲッカビジンの花を洗い、熱湯を注いでしばらく置く。適当な大きさに切って酢の物にすると、とろみがあってたいへん美味しい。

仙人掌の花の孤独を持ち帰る

上田日差子

カラー 四季のアルバム

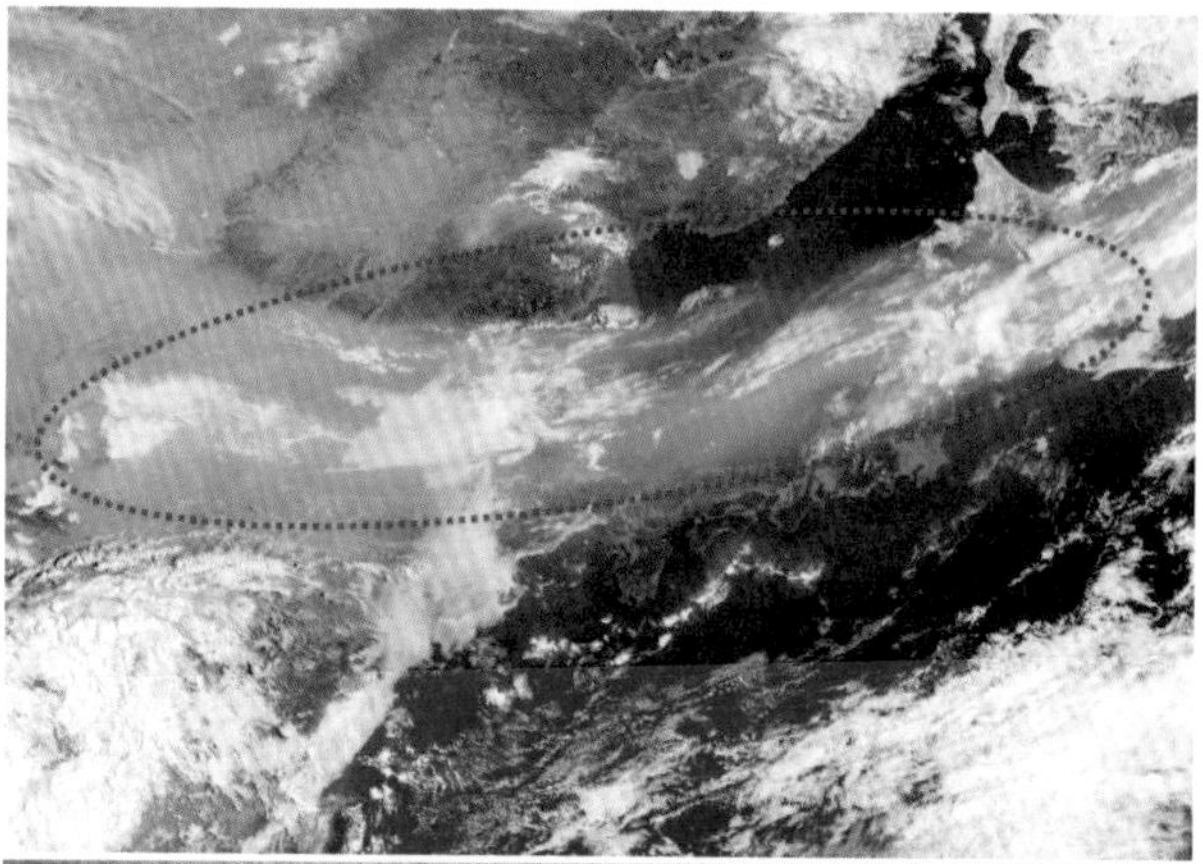

黄砂の衛星写真（上）

2018年3月28日から29日にかけて、北日本に大陸から黄砂が飛来した。29日には黄砂領域が南下しているのが見えた（ひまわり黄砂監視画像、気象庁ホームページより）。

西安の黄土層（下）

西安の北の郊外へ行くと今でも黄土層に穴居している人たちがいる。穴の中には立派な家具が置かれた広い部屋ができている。（春「霾」24頁）

焼畑（上）　**赤カブ**（下）

滋賀県長浜市余呉町で行なわれている焼畑では、毎年7月に除伐、8月のお盆前を目途に火入れが行なわれる。この地域で受け継がれてきた伝統の赤カブが植えられ、11月には見事な赤カブが収穫される（撮影2020年8月22日、大石高典）。（春「山焼く」38頁）

鳴門の渦潮

2020年6月5日撮影。天候と仕事の日程との調整で数回挑戦し、観潮船に繰り返し乗って、流れの迫力、渦潮の美しさに感動しながらの1枚である。上にかかる大鳴門橋《おおなるときょう》は、兵庫県南あわじ市福良丙《ふくらへい》と徳島県鳴門市鳴門町土佐泊浦の間の、鳴門海峡で最も狭い部分を結ぶ吊り橋で、1985年6月8日に開通した。その部分に最も激しい潮流が見られる。（春「観潮」40頁）

都をどり

2017年と2018年、京都造形芸術大学（現・京都芸術大学）の春秋座で行われた。舞台の一部は学生たちが協力して、2年目には氷の柱や玉座などの舞台美術を担当し、またロビーでは学生たちが企画した都をどりみやげを販売した。舞妓さん22名の等身大パネルが人気だった。（春「都をどり」46頁）

虹（上）　**ハロ**（下）

2019年4月27日、伊豆大島。三原山の西の中腹で、夕陽を見たくて雲の晴れるのを待つことにした途端、見事な虹が出た。副虹も出て、主虹との間が暗くなった。ハロも撮影できた。しばらくすると伊豆半島に沈む夕陽と富士山も見えた。（夏「虹」76頁）

秋の姥ヶ滝

手取川の激流を緩和する役目をはたすたくさんの滝がある中に、落差76メートル、幅100メートルの姥ヶ滝がある。日本の滝百選に選定されている。数百条の細い流れが、白髪の老婆が髪を振り乱した姿に見えるというのが名の由来である。正体は火砕流堆積物、溶結凝灰岩が浸食されてなだらかな滝となっているのである。姥ヶ滝の前にある親谷の湯には、滝を間近に眺める混浴露天風呂や足湯がある（白山手取川ジオパーク推進協議会提供）。（夏「滝」84頁）

雪渓

北アルプス南部の奥穂高岳の雪渓。奥穂高岳（3190メートル）は、南アルプス北岳についで日本第3位の高峰である。奥穂高岳を主峰として、西穂高、北穂高、前穂高などの3000メートル級の名峰が、穂高連峰を形成し、上高地から見渡すことができる。（夏「雪渓」88頁）

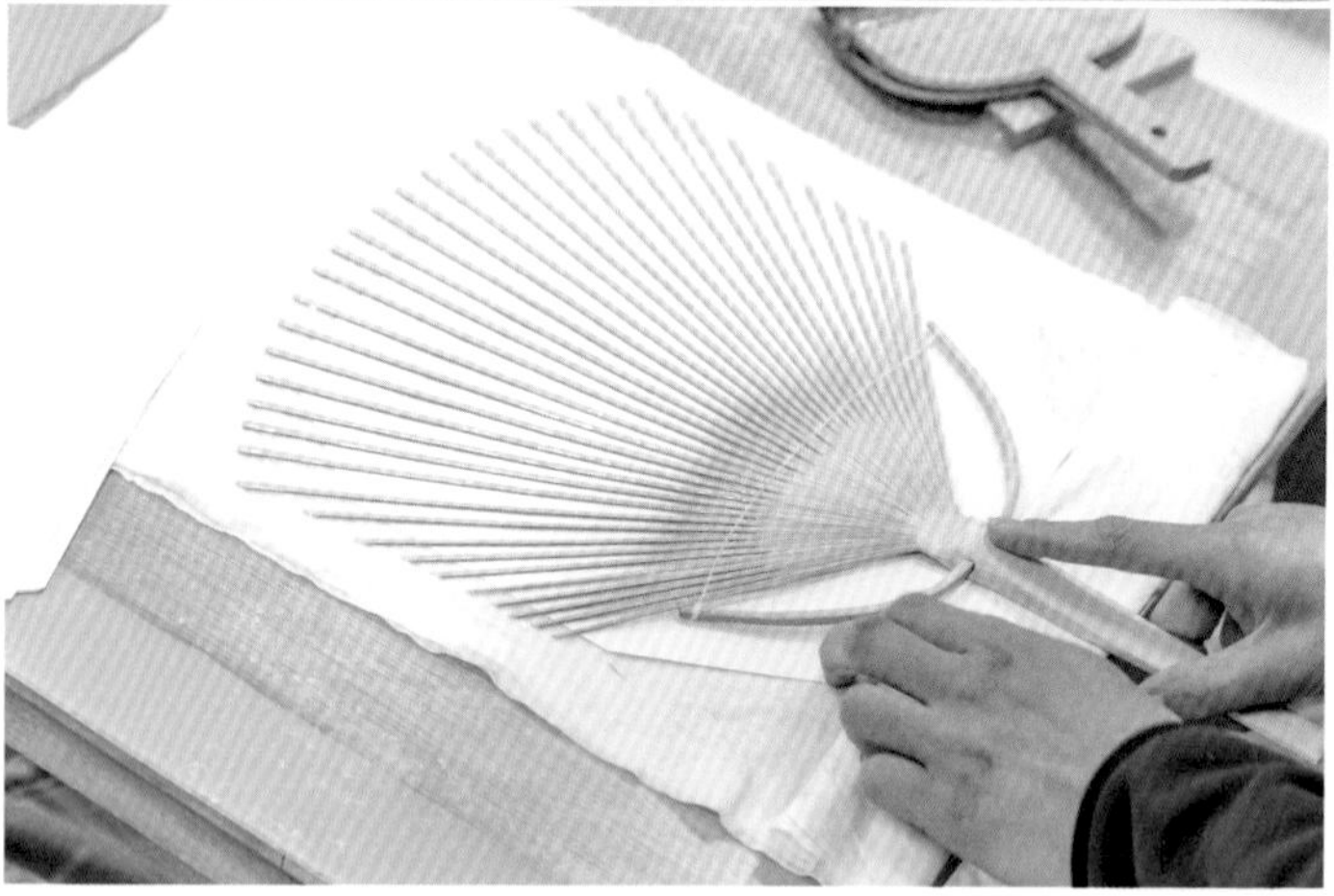

団扇

京団扇の制作工程には、張り、撫ぜ、干し、かまきり、うちきり、スジいれ、六法積みという工程がある。製品となった団扇や扇子が、平安神宮正面の神宮道から少し東へ路地を入ったところにある小丸屋で見られる。（夏「団扇」120頁）

紅花摘み（上） **寒中染**（下）

東北芸術工科大学の芸術学部美術科テキスタイルコースでは、毎年4月中旬に紅花の種蒔を大学の畑で行う。七夕の頃、朝から収穫祭で花を摘む。花を発酵させ､紅花餅として保存しておいて翌年、寒中染を行う。（夏「紅花」123頁）

亀岡の霧

京都府亀岡市にある「かめおか霧のテラス」は、亀岡盆地の南側にそびえる竜ヶ尾山（412.4メートル）の山頂付近に、2018年に開設された。京都縦貫道亀岡ICから車で10キロである。四方を山に囲まれた亀岡盆地で、晩秋から初春にかけて「丹波霧」と呼ばれる深い霧が発生する。（秋「霧」150頁）

火球

2013年、みずがめ座η流星群の極大は5月6日の朝であった。その2日後でも188cm望遠鏡ドームに突き刺さるように見える火球が現れた。岡山天体物理観測所構内で撮影されたタイムラプスビデオが公開されている（国立天文台YouTube）。そのタイムスタンプ54秒に火球が現れる（写真提供国立天文台）。（秋「流星」155頁）

橡の実（上）　**瓢の実**（下）

栃の実の見かけが栗に似ているが、アクが強くてそのままでは食べられない。手間暇かけてあく抜きしてもち米とついた「とち餅」はとても美味しい。瓢の実は、実とは言っても虫瘤《むしこぶ》である。虫が出たあとの穴を吹くと、「ひょうひょう」と音が出る。（秋「橡の実」200頁、秋「瓢の実」207頁）

土佐の生姜

高知の日曜市は、1690（元禄3）年以来300年以上の歴史を持つ土佐の日曜市である。年始とよさこい祭り期間を除く毎週日曜日に開催される。朝6時から15時頃まで、高知の名産が何でもあるが、とりわけ土佐の生姜の大きな塊が目につく。高知城下の追手筋、全長約1キロにわたって約300店が軒を並べる。（秋「生姜」194頁）

内間木洞の氷筍

三陸ジオパークは、2013年9月に日本ジオパークとして認定され、青森県八戸市から岩手県の沿岸を縦断して宮城県気仙沼市まで、南北約220キロ、東西約80キロの大地の公園である。そのジオサイトの中に、総延長6350メートルにおよぶ鍾乳洞がある。7月と2月の2回だけ公開される「内間木洞《うちまぎどう》」である。2月は「氷筍観察会」として開催される。氷筍の大きさや数はその年の天候などによって変化するが、その時しか見ることができない（三陸ジオパーク推進協議会提供）。（冬「氷柱」228頁）

学食名物のおでん

京都芸術大学の学食では冬のおでんが名物の1つである。私の好みの具がすべて入っているが、きれが大きいので、つい食べ過ぎてしまう。新入生に宣伝するために、ときどき学長がおでんの招待席を設ける。(冬「おでん」234頁)

酸茎てんびん（上）　**面取り作業**（下）

上賀茂神社境内の「すぐきや六郎兵衛」で、年末には、塩が馴染んでまろやかさが出てきた新すぐきを並べる。また、この店では酸茎に含まれる「ラブレ菌」を顆粒状で販売する。酸茎の仕込みは酸茎菜のかぶの面取りから始まる。水洗いして塩とともに、天秤重石で押して漬け込む。追い漬けを2回ほど繰り返し、3週間かけて発酵させる。（冬「酸茎」238頁）

秋

秋澄む　秋鯖
鰯雲　鴫
霧　七節
月　雁
流星　秋刀魚
星月夜　茸
天の川　自然薯
富士の初雪　生姜
颱風・野分　唐辛子
猿酒　藍の花
薬掘る・鳥兜　橡の実
夜庭　紅葉
震災記念日　柿
蜻蛉　瓢の実

秋澄む《あきすむ》

〈澄《す》む秋《あき》・空澄《そらす》む〉三秋　時候

秋には雨もよく降る。「秋澄む」という季語は、仲秋以後のよく晴れた日のことを指し、秋の澄んだ大気の状態そのものを詠む季語である。大陸上空の乾燥した冷たい空気が日本列島に流れ込んでくる。そのため遠くまで景色が澄みわたってよく見える。目に映るものだけではなく、音も澄んで響くように感じ、虫の音もよく聞こえる。

秋の天気図を見ると、夏を支配した太平洋高気圧が弱まり、八月には、大陸にある冷たい高気圧の勢力が強まってきて、秋雨前線が日本付近に現れ、ときに強い雨を降らせる。九月には台風が日本に来襲することが多くなる。その次には、天気図に低気圧や気圧の谷と高気圧が、東西に順序良く並ぶことが多くなる。秋の移動性高気圧は乾燥した澄んだ空気を運んでくるため、快晴状態となることが多く、天高く馬肥ゆる秋と言われる。しかし変化するので、異性の心を秋の空に喩《たと》えることになる。秋が深まると、日本付近を通過する低気圧が日本の東の海上で急激に発達し、西高東低の冬型気圧配置になって、木枯《こが》らしが吹く。

日本列島に晴天をもたらす高気圧は、季節によってどこからやってくるかが異なっている。夏は南の海から、秋の高気圧は大陸からやってくる。大陸からの高気圧は空気中に含む水蒸気が少なく乾燥している。空気中に酸素と窒素の分子があるが、これらの分子の粒子が小さいので、太陽光の青や紫など、波長の短い光を強く散乱する。散乱するということは、見ている人の目にあらゆる方向からやってくるということになり、空全体が青く見える。夏に比べて気温が低く、秋は対流が弱いことも、空気中の水蒸気や塵が少なくなる原因である。

広い範囲で晴れる移動性高気圧と雨を降らせる温帯低気圧が交互に日本列島を通過するが、温帯低気圧の温暖前線は鰯雲《いわしぐも》や鱗雲《うろこぐも》を発生させる。夏の入道雲や綿雲は低い位置にあるが、秋の巻積雲《けんせきうん》は高い位置にあるので、空が高く見える。

秋澄むや湖《うみ》のひがしにもぐさ山

森 澄雄

鰯雲《いわしぐも》

〈鱗雲《うろこぐも》・鯖雲《さばぐも》〉三秋　天文

巻積雲《けんせきうん》は雲の一種で、白色で陰影のない小さな雲片が多数の群れをなす。集まって魚の鱗や水面のさざ波のような形をした雲の広がりとなる。「絹積雲」とも書く。昔から人びとはそれを鱗雲、鰯雲、鯖雲などと呼んだ。低緯度から高緯度まで広い地域で年中見られるけれども、台風や移動性低気圧が近づく秋には、特に多く見られ、秋の象徴的な雲として季語になっている。

雲の高さによって、雲には上層雲、中層雲、下層雲がある。雲の名前にはいろいろあるけれども、雲の種類について国際気象機関（ＷＭＯ）が発行した「国際雲図帳」をもとに決められた一〇種の雲形が基本になる。

高いところから順番に、まず、上層雲は高さ五〇〇〇から一万三〇〇〇メートル、小さな氷の粒が集まってできており、巻雲《けんうん》（すじ雲）、巻積雲（鱗雲）、巻層雲《けんそううん》（うす雲）である。巻層雲は、空一面をヴェールでおおったように見え、太陽にかかると、暈《かさ》と呼ばれる色のついた環が見えることがある。中層雲は高さ二〇〇〇から七〇〇〇メートル、小さな水の粒が集まってできており、高積雲（羊雲）、高層雲（おぼろ雲）、乱層雲（雨雲あるいは雪雲）である。おぼろ雲は、空一面に墨を薄く流したように見え、太陽がすりガラスを通して見たようになる。乱層雲では太陽が見えない。下層雲は、地上付近から二〇〇〇メートルで、小さな水の粒が集まってできる。層積雲《そうせきうん》（畝《うね》雲）、積雲（綿雲）、層雲（霧雲）、積乱雲（雷雲）である。

秋の雲は高いところにできる。一つひとつの雲では巻積雲が小さく、天空上での見かけの大きさ（視直径）が一度より小さいものを巻積雲とする場合が多い。無数の雲の塊は、層状雲の上辺が放射冷却によって一様に冷却されることにより、細胞状対流（ベナール対流）が生まれてできる。温暖前線や熱帯低気圧が接近すると、巻雲の次に巻積雲が現れ、天気が悪化する兆しとなる。「鱗雲が出ると天気が変わる」という諺《ことわざ》がある。

鰯雲甕《かめ》担がれてうごき出す　石田波郷

霧《きり》

〈朝霧《あさぎり》・夕霧《ゆうぎり》・夜霧《よぎり》・山霧《やまぎり》・川霧《かわぎり》・狭霧《さぎり》・霧襖《きりぶすま》・霧雨《きりさめ》・濃霧《のうむ》・霧笛《むてき》〉三秋　天文

霧は、水蒸気を含む大気の温度が下がって露点《ろてん》温度に達したとき、水蒸気が小さな水粒になり、それが空中に浮かんで目に見える状態になったもので、雲と同じである。雲と霧の違いは定義の違いである。霧は大気中に浮かび地面に接しているものをいう。地面に接していないのが雲である。したがって、山に雲がかかると、地上からは雲、その雲の中で見た人には霧である。とくに山に接する霧または雲のことを「ガス」と呼ぶ。

靄《もや》も霧と同じ現象で、一般に霧よりも肉眼で見通せる距離（視程）の広いものを呼ぶ。気象上では視程が一キロメートル以上で一〇キロメートル未満のものを靄と呼んで霧と区別している。視程が一キロ未満で、太陽を透かし見ることができる状態を低霧《ていむ》あるいは低い霧という。山では、山のふもとの地面まで達する「低い霧」、山の中腹や山頂付近にだけある場合を「高い霧」と区別する。視程が一キロ以上で、人間の視線の高さより低い地面付近にのみあるものを地霧《じぎり》という。（カラー138頁）

霧の季語は秋であるが、他の季節にも「夏の霧」と「冬の霧」がある。とくに夏の霧には「海霧《じり》」の季語が仲間になっている。山地や海辺では夏にも霧が発生する。海霧は太平洋上を南寄りの風に乗ってきた暖かく湿った空気が、親潮《おやしお》寒流の上で冷やされ発生する濃霧《のうむ》である。

「雲海《うんかい》」は、その小さな水滴の集まりである夏霧や雲を、それより高い山から見下ろして詠むときの晩夏の季語で、ジェット機から見たものは含まないとされている。

北海道や千島列島を含む北太平洋北部で、夏になると霧が発生しやすくなる。北太平洋高気圧から吹き出す温暖湿潤な空気が、寒冷な親潮の影響を受けて海霧を生じさせる。また、人工物質を含めた陸からの空中の微粒子が霧を発生させやすくする要因の一つとなる。内陸部の背後に山地がある釧根《せんこん》地方は、流れ込んだ海霧が滞留しやすく、日照期間が少ない冷涼な気候になる。

霧を出て馬の容《かたち》にかへりけり　角谷昌子

夏霧やしなやかに行く一馬身　楠本憲吉

店々に海霧より揚げし青さんま　大野林火

月《つき》

〈初月《はつづき》・二日月《ふつかづき》・三日月《みかづき》・新月《しんげつ》・弦月《げんげつ》・夕月《ゆうづき》・宵月《よいづき》・夕月夜《ゆうづきよ》・有明月《ありあけづき》・昼の月《ひるのつき》・遅月《おそづき》・月白《つきしろ》・月代《つきしろ》・月夜《つきよ》・月の出《つきので》・月光《げっこう》・月明り《つきあかり》・月影《つきかげ》〉三秋　天文

◆名月《めいげつ》〈明月《めいげつ》・望月《もちづき》・満月《まんげつ》・今日の月《きょうのつき》・月今宵《つきこよい》・三五の月《さんごのつき》・十五夜《じゅうごや》・芋名月《いもめいげつ》〉仲秋　天文

月見《つきみ》〈観月《かんげつ》・月祀る《つきまつる》・月の宴《つきのえん》・月を待つ《つきをまつ》・月見酒《つきみざけ》・月見団子《つきみだんご》〉仲秋　生活

月は、地球に最も近い自然の天体であり、大きな衛星で、直径で地球の四分の一、質量では八一分の一に及ぶ。地球から見た視直径は太陽にほぼ等しい。

宇宙が一三八億年前に生まれ、その中に太陽系が生まれたのが四六億年前で、ほぼ同時に地球も生まれた。月で採取された月の石が、地球のマントルと似ていること、またその年齢も地球に近いことがわかっている。それをもとに、地球が生まれて間もなく、火星ほどの天体が地球に衝突して月ができたと考えられるようになった。初めに二つの月ができて、後で合併したという説もあり、まだ議論が続いている。

中秋の名月は旧暦八月一五日の月で、澄んで美しいとされ、農耕の儀式で新芋などを供えて祀る。

二〇一三年の名月は満月であったが、旧暦と月齢の関係がずれていくので、中秋が毎年満月にあたるとは限らない。また太陽暦との関係もずれていくから、二〇一四年の名月はかなり早く、まだ暑い日の続く九月八日で、かつ満月の前日であった。次に中秋の名月が満月になるのは二〇二一年になる。

陰暦で、月が現れる日が「月立ち」、つまり朔日《ついたち》であるが、「朔」という字を用いるのは、昔は新月が観測できなかったので、三日月から遡《さかのぼ》ってその日を定めたのが由来である。月が隠れるのが「月ごもり」、つまり晦日《つごもり》であるが、これらが西暦に持ち込まれて、一年の最後の大晦日《おおつごもり》に、新年を迎えるための「おせち」をいただくのである。

月の呼び名を時刻順に並べると、三日月、上弦の月、十三夜、待宵《まつよい》、十五夜、十六夜《いざよい》、立待月《たちまちづき》、居待月《いまちづき》、寝待月《ねまちづき》、更待月《ふけまちづき》、下弦の月となる。

「待宵」(小望月《こもちづき》)は、旧暦八月一四日の夜。名月を明日に控えた宵の意であり、小望月は望月に少し満たない意から呼ぶ。

旧暦八月一五日の名月の夜を「良夜《りょうや》」「望の夜《もちのよ》」という。旧暦九月一三日の後の月の夜をさすこともある。『徒然草』の二三九段に「八月十五日、九月十三日は婁宿《ろうしゅく》なり。この宿《しゅく》、清明《せいめい》なる故に、月を翫《もてあそ》ぶに良夜とす」とある。

「無月」は、旧暦八月一五日の夜、雲が広がり、月が見えないことを詠み、「雨月」（雨名月、雨の月、月の雨）は、雨のため、名月が見えないことをいう。雨をうらめしく思いながら、月のあるほの明るいあたりを仰いで詠む。「更待月」は陰暦二〇日のことである。「二十日月」とも呼ばれる。夜が更けるころに昇る。「宵闇《よいやみ》」は、名月の後、月の出は日ごとに遅くなり、陰暦二〇日過ぎには夜更けにならないと月は上らない、それまでの間の闇を詠む。「後《のち》の月」（十三夜、名残の月、豆名月、栗名月）は、旧暦九月一三日の夜の月で、名月に対して後の月という。吹く風ももう肌寒く感じられるころで、華やかな名月とは違い、もの寂びた趣がある。枝豆や栗などを供えて祀る。片見月という言葉があり、月見は両方とも必ず同じ場所で祀るという習慣もある。

十五夜の雲のあそびてかぎりなし　後藤夜半

寂として五畿七道の無月かな　尾池和夫

流星《りゅうせい》

〈流《なが》れ星《ぼし》・夜這星《よばいぼし》・星流《ほしなが》る・星飛《ほしと》ぶ〉三秋 天文

宇宙塵《うちゅうじん》が地球の大気中に飛び込んで、ガスが発光したものを地上で観察すると流星となる。夜半に多く現れ、空を非常に速く通過する。八月半ばに最も多いといわれる。流れ星は不吉な印といわれることもある。

流星のもととなる小天体の大きさは、〇・一ミリ以下の、ごく小さな宇宙塵から、数センチ以上ある小石のようなものまでさまざまである。この天体が、地球の大気に秒速数キロから数一〇キロという速度で突入する。上層大気の分子と衝突して、プラズマ化したガスが発光する。小天体が大気との摩擦熱で燃えた状態を見ているのではない。流星は地上から一五〇キロないし一〇〇キロの高さの、熱圏下部で光り始めて、地上から七〇キロないし五〇キロの中間圏で消滅する。小天体が特に大きい場合には、隕石として地上に達する。目で見て消えた場合でも、流星塵として地球に降り注ぐ。

マイナス三等からマイナス四等よりも明るい流星は、「火球《かきゅう》」と呼ばれる。満月よりも

明るい光で夜空を一瞬閃光《せんこう》のように明るくする場合もある。（カラー139頁）

流星を観測する手法には、電波観測があり、FMラジオを用いて記録することもできる。流星が流れた後の大気がイオン化され、電離層が発生する。この電離層が電波を反射させて、通常では聞こえない遠方のFM放送を短時間だけ聞くことができるようになる。電波を常時送信するアマチュア無線のボランティア局の電波を利用して、同様の観測が行われることもある。

毎年決まった時期に、天球上の一点から、放射状に流星が飛ぶことがあり、流星群と呼ぶ。彗星《すいせい》が通った後に残される塵《ちり》の集合体がある空間に、公転で地球が差しかかることによって発生する。

流星の使ひきれざる空の丈

鷹羽狩行

NHKの、二〇二〇年一一月二九日のニュースで、火球が二九日の午前一時三四分頃、西日本を中心に広い範囲で観測されたと報じられ、各地で記録された映像が、繰り返し映し出された。最後の燃え上がるような明るさは、満月級だったという。例えば、三重県や愛知県などに設置されているＮＨＫのカメラには、南の空に火球があらわれ、数秒間、落下した後にひときわ明るさを増して輝き、一瞬、空全体が明るく照らし出される様子が映っていた。インターネットでも火球を見たという投稿が相次ぎ、目撃情報は東海から近畿、それに四国など広い範囲に及んだ。平塚市博物館学芸員の藤井大地さんは「複数の位置から観測した映像を分析すれば、軌道を割り出してどこからきたものか推定できるかもしれない」と話していた。

二〇二〇年七月二日にも火球が観測され、その時にはもととなった隕石が千葉県習志野市で見つかり、「習志野隕石」と命名された。習志野市のマンション住民が夜中に「ガーン」という音を聞いて、朝、玄関前の廊下で一つ目を、また二日後に中庭で二個目を見つけた(日本流星研究会 www.web-nms.com)。隕石は二つで六センチあり、落下後に二つに割れたと見られる。アマチュア天文家を中心とするネットワークの力で、火球のものだと特定できたという。

星月夜《ほしづくよ・ほしづきよ》

〈星明《ほしあか》り・秋《あき》の星《ほし》〉三秋　天文

新月の星空の美しさをいう季語である。よく晴れた秋の夜には空が澄むので星が美しい。ことに新月のころの星空の輝く様子を称えて詠む季語である。

秋分を過ぎて夜が長くなると、星を見るのに最高の季節となる。夏の夜は天の川にうずもれた夏の星座、冬は一等星の多い星座を見るが、秋の星座は地味である。秋の夜空の星座物語は、ペルセウスがアンドロメダ姫を助け出す物語から展開する。

ニューヨーク近代美術館所蔵の永久コレクションになっているゴッホの絵にも「星月夜」がある。ゴッホの代表作の一つで、一八八九年六月、かつて修道院だった精神病院で療養中に描いた。

星の光には、太陽のように自ら強い光を発しているのも、地球や月のように太陽の光を反射させて光っているのもある。誕生日にローソクを吹き消したとき、光はすぐ消えたと思うが、本当は光は消えていない。宇宙の始まり近くの光を、科学者は今もスバル望遠鏡で観測する。例えば、すばる星の光は四〇〇年ほど前に出た光である。光は消えずに一定の速さで宇宙を走る。俳人も写真家も、今この瞬間の光を切り取ると言うが、それは実は過去に発せられた光なのである。

森の中に立って、周囲がたくさんの木の幹で覆われると、森の向こうが見通せなくなるのと同じように、宇宙の星が一様にたくさん分布しているとすると、実際には暗い夜空の全体が銀色に輝くはずだという逆説がある。これはオルバースのパラドックスと呼ばれる。新月のときの星月夜の星は輝きを増して見えるが、夜空がなぜ暗いのかというのは、大きな謎のままである。膨張する宇宙、限りある星の命、星の分布の密度や宇宙の大きさ、さまざまの観点から観測と研究が続く。宇宙をどう捉えるかという議論は、あらゆる分野の人びとを巻き込んで、果てしなく続くのであろう。

天窓に見ゆる夜空も星月夜　　岩田由美

天《あま》の川《がは》

〈銀河《ぎんが》・銀漢《ぎんかん》〉三秋　天文

恒星の帯が北半球では秋にとくに明るく美しく見える。短歌では七夕が詠まれ、俳句では天の川の美しさが詠まれる。中国の牽牛《けんぎゅう》と織女《しょくじょ》の伝説、乞巧奠《きこうでん》、日本の棚機《たなばた》つ女《め》信仰など、物語が豊富である。

東アジアの七夕伝説では牽牛と織女が天の川で隔てられて、年に一度だけ天の川を渡って会えるという。猪八戒《ちょはっかい》が玉帝《ぎょくてい》より天の川の管理を任される。ギリシア神話では、女神ヘラの母乳が流れて環になったと言われる。英語のミルキーウェイもこの神話に由来する。中国には「牛郎《ぎゅうろう》織女」の神話伝説があり、現在でも映画などに描かれ、香港でもテレビドラマになった。この神話の物語は、封建社会の男女の婚姻が自由にならない現実を反映し、鵲《かささぎ》の橋での再会が、働く人びとの願いと憧憬を反映していると、今では解説される。

天の川は天文学的には膨大な数の恒星集団であると理解され、我々の太陽系は、宇宙に数多くある銀河の中の「天の川銀河」に位置する。天の川銀河の内部から、私たちはそれを天球上の帯として見ているのである。天の川の暗い部分は暗黒星雲で、それを蛙や蛇に見立てる民族もある。

天の川銀河の中心は、いて座の方向にあり、地球から約三万光年の所に位置する。そこには「いて座A」という強い電波源があって、その中心部には超大質量のブラックホールが存在している。銀河系の直径は八万から一〇万光年、太陽は銀河中心から三万光年前後にある。牽牛のアルタイルは地球から一七光年、織女のベガは地球から二五光年、ともに地球に近いので大きく見えている。しかし、もし牽牛と織女が光の速度で移動したとしても、毎年出会うことは不可能な位置関係にある。天の川を見上げて、このような四次元構造を思い浮かべるのも、脳の体操にいいかもしれない。

天の川柱のごとく見て眠る　沢木欣一

富士の初雪《ふじのはつゆき》

初秋　天文

富士山は標高三七七六メートルの山頂を持つ。七月、八月でも最低気温が氷点下になり、雪が降る。したがって初雪《はつゆき》と終雪《しゅうせつ》の区別は難しい。一般に初雪は冬初めて降る雪で、霙《みぞれ》、霧雪、細氷《さいひょう》を含む。終雪は、その冬最後に降った雪である。富士山の場合、季節の変化は山頂の一日の平均気温が最も高い「最高気温日」で判断する。八月に雪が降っても、その雪が初雪か終雪かの判断は、山頂での夏の最高気温日が確定するまで決まらない。

初雪の観測は、富士山頂剣ケ峰にある気象庁富士山測候所の職員が降雪を確認し、同測候所御殿場基地事務所が発表していた。測候所の前身、中央気象台富士山頂観測所が統計を開始したのが一九三六（昭和一一）年である。それ以降、最も早い初雪の記録は、一九六三年七月三一日、最も遅い記録は、一九四三年一〇月一六日であったという。平年日は九月一四日であるが、歳時記では初秋の季語とされている。中央気象台が一九三二年に山頂東安河原《ひがしやすのかわら》に設置した臨時観測所で、一九三三年七月八日に初雪を観測したという記録があり、これが最も早い富士の初雪である。山頂が雪に覆われている期間は年平均二七五日だという。

富士山測候所の山頂での常駐観測は、二〇〇四（平成一六）年九月二〇日に終了し、有人観測の歴史が閉じられた。以降、気象庁による初雪の発表はない。

現在、富士山頂では、大気化学や高所医学の研究拠点「富士山特別地域気象観測所」が置かれている。これはＮＰＯ法人が支援金を募って運営している。研究者らの利用料を主な収入源としており、新型コロナウイルス感染症の影響で登山道が閉鎖された二〇二〇年には、寄付を募って危機を乗り切った。この観測所は、毎年七月、八月に延べ約四〇〇人の学生や研究者が利用している。地上からの影響を受けにくいため、アジア地域から運ばれる微小粒子状物質や、二酸化炭素の測定が可能である。事務局長を務める静岡県立大学の鴨川《かもがわ》仁《まさし》特任准教授が広く協力を呼びかけている。


初冠雪の富士の右肩下りかな　　松崎鉄之介

颱風《たいふう》

〈台風《たいふう》・颱風圏《たいふうけん》・颱風裡《たいふうり》・颱風禍《たいふうか》・颱風《たいふう》の眼《め》〉仲秋　天文

野分《のわき》

〈野分立《のわきた》つ・野分中《のわきなか》・野分後《のわきあと》・夕野分《ゆうのわき》・野分雲《のわきぐも》・野分晴《のわきばれ》〉仲秋　天文

台風は「颱風」とも書く。沖縄言葉では「カジフチ（風吹き）」や「テーフー（台風）」という表現がある。タイフーンの語の由来は、ギリシア神話に登場する巨大な怪物テュポンだとする説が有力である。明治の初めにはタイフーンまたは大風《おおかぜ》と表していた。明治末頃、気象学者の岡田武松《おかだたけまつ》によって颱風という言葉が生まれ、一九五六（昭和三一）年の書き替え制定で「台風」となった。現在の台風予報は、「台風予報の図表示方法の指針」に沿った内容で、実況と五日先までの予報である「台風の実況」と、二四時間先までの「台風の予報」とが発表されるが、予報を超える風が吹くこともあるので注意が必要である。

北西太平洋や南シナ海に存在する熱帯低気圧のうち、中心付近の最大風速が毎秒一七・二メートル以上のものを指すというのが気象庁の定義である。台風の眼は、「台風の中心付近で風が弱く雲が少ない部分」と用語の解説にある。「熱帯低気圧」は、熱帯または亜熱帯地方に発生する低気圧の総称で、風の弱いものから強いものまであるが、気象情報で「熱帯低気圧」という場合は、台風に満たない、低気圧域内の最大風速が毎秒約一七メートル未満のものを指している。

野分は秋の暴風のことで、とくに「二百十日《にひゃくとおか》」や「二百二十日」前後に猛烈な風が吹くことが多いと言われる。野分のあとの景色に風情があると描かれてきた。野分は、熱帯低気圧による台風とは異なる概念の暴風で、江戸時代の文学や俳句に季語としてよく登場するが、『枕草子』や『源氏物語』など、平安時代にすでに登場した。『源氏物語』第二八帖の題が「野分」で、光源氏三六歳の秋、八月のある日、激しい野分が都を吹き荒れる六条院を舞台に描かれる物語である。

家中の水鮮しき野分あと

正木ゆう子

猿酒《さるざけ》

〈ましら酒《ざけ》〉三秋 生活

昔からの言い伝えでは、山中の猿が、樹木の空洞や岩穴に木の実を蓄え、やがて発酵した酒と言われるが、実際に見た人は少ないようである。歳時記には、新酒、今年酒《ことしざけ》、濁《にご》り酒、どぶろく、古酒などとともに秋の生活の項に並ぶ。今では、三〇年ものの大吟醸《だいぎんじょう》の古酒などもあり、そのふくよかな味わいは名句の登場を待っている。

京都大学霊長類研究所では、アフリカのギニアでチンパンジーの研究を続けており、やさしい読み物もウェブサイトに連載されている。その研究所から興味深い研究成果が二〇一五年六月に発表された。ギニアのボッソウ村の人たちが椰子《やし》の木に傷をつけて得た樹液を自然に発酵させて造った酒を、野生のチンパンジーが、二〇回も飲むのを観察して、その結果を論文にまとめた。野生動物が習慣的に飲酒することが初めて確認されたのである。椰子の酒を飲んでいたのは、六歳を含む、延べ五一人のチンパンジーだったという。

イングランドの小学校で集団死しているクロウタドリを解剖したら、発酵した果実を食べたために酔っ払って衝突し、墜落したことが死因と分かったというニュースが二〇一二年にあった。一羽が生きていて、籠に寄りかからないと立っていられないほど酔っ払っているように見えたという。解剖した調査チームは報告書で、酩酊《めいてい》状態で飛行し、衝突したと分析した。生きていた一羽は二日酔いから回復したのち野生へと戻された。

鹿児島大学農学部応用微生物学研究室の田辺幾之助たちの研究報告では、自然発酵によるアルコールを含む嗜好性飲料を「猿酒」と呼ぶことにして、ショ糖による果汁の抽出経過を観察し、できた猿酒を分析した。ウメ、スモモ、ブドウ、リンゴなど二一種類を用いた。ウメの場合、六日間の抽出で、果汁が最もよく採れ、アルコール量は酒税法の対象となる一パーセントを大きく超えることはなかったという。

猿酒や鬼の栖むなる大江山

青木月斗

薬掘る《くすりほる》

〈薬採《くすりと》る・薬草掘《やくそうほ》る・千振引《せんぶりひ》く・茜掘《あかねほ》る〉仲秋 生活

鳥兜《とりかぶと》

〈鳥頭《とりかぶと》・兜花《かぶとばな》〉仲秋 植物

奈良県宇陀《うだ》市のホームページによると、宇陀市は日本最初の薬猟《くすりがり》（薬狩）の記録があり、宇陀を舞台として薬猟が開始されたという。宇陀の地が王権の猟場であった。宇陀市は薬発祥の地として、薬草を活用したまちづくりを推進している。推古天皇が実際に薬狩を行ったとされる場所は諸説あって特定できないというが、有力候補の地として「阿紀《あき》神社」が紹介される。『日本書記』の「菟田野《うだのの》」は宇陀野（宇陀の大野）であり、阿紀神社のある阿《あ》騎《き》野《の》が該当する場所ではないかという。

民間の薬草園としては日本最古の「森野旧薬園」がある。江戸時代中期、森野賽郭《もりのさいかく》によって開設され、現在も当時のまま、二五〇種類の薬草が丘の急斜面から上にかけて栽培されている。丘の上に茶室があり、宇陀野を眺めることができる。

トリカブトは、中国原産のキンポウゲ科の多年草で、薬用、切り花用として栽培されている。一方、強い毒があることでも知られている。九月、茎頂や葉腋《ようえき》に花序《かじょ》を出し、たくさんの濃紫色の花を咲かせる。その花が舞楽の常装束で用いられる冠物の鳥兜（鳥甲）に似ている。

鳥兜の花言葉には、騎士道、栄光などのほか、厭世家、復讐などもある。英語でもmonkshood（修道士の頭巾）と呼ばれることから「人嫌い」の花言葉が生まれた。ギリシア神話の魔術の女神ヘカテーを司る花で、庭に埋めてはならない。

トリカブトは草全体が有毒で、特に根の毒性が強い。十勝アイヌは、毒性の強いオクトリカブトとトウガラシを調合して、十勝石の矢じりに塗り、熊などを捕獲する術を使った。毒成分はアルカロイドで、哺乳動物の中枢神経を麻痺させ、末梢神経をまず興奮させた後に麻痺させる。根を乾したものは烏頭《うず》とか附子《ぶし》という。

北海道などでは道ばたにも生えており、山岳地帯に入れば何処にでもあり、いつでも誰でも採取できる。山菜好きの俳人は、熊と鳥兜についての知識を身につけた上で、山に入ることが特に重要である。

薬効としては、根は漢方で必須の薬物であり、衰弱した体力への強心薬、あるいは鎮痛薬として偉大な効果を発揮するが、扱う医師の知識と熟練とが要求される。

薬掘る山知り尽す漢かな　稲畑廣太郎

熊よけの犬になつかれ烏兜　尾池和夫

中薬を発展させた日本の漢方は、体系をしっかりと理解して初めて使いこなせる。医療には適応があり、見誤ると不利に働く。薬用植物にも副作用がある。東洋医学では、人を機能する有機体として捉えた上で、患者の個別の状態に対して適切な一剤を与える。そのような医療がやがて健康長寿の基本となると思われるが、そのためにも薬用植物の基礎を学ぶ場をしっかりと整備しておくことが大学の役目である。化学薬がたった一〇〇年ほどの歴史の中で多数を巻き込む薬害を引き起こしたのに比べると、生薬《しょうやく》は二〇〇〇年の歴史の中で副作用に対する経験が重ねられ継承されてきた。生薬の所定の用法に従えば事故を起こすことはありえないと言われている。

薬草園（上）**とトリカブトの花**（右）

静岡県立大学にある薬草園は、標本園三三〇〇平方メートル、栽培圃場《ほじょう》二〇〇〇平方メートル、温室三三〇平方メートルに約八〇〇種の植物を栽培している。

トリカブトの花は美しく、花言葉には騎士道、栄光のほか、厭世家、人嫌い、復讐がある。草全体、とくに根が猛毒で、致死量はヒトの場合、三から四ミリグラム、経口から数十秒で死亡する。芽吹きの頃、ニリンソウ、ゲンノショウコ、ヨモギに似ている。蜜や花粉にも中毒例があり、近くでの養蜂は避ける。薬効では漢方の附子に強心作用や鎮痛作用などがある（本文参照）。

夜庭《よには》

〈朝庭《あさにわ》・大庭《おおにわ》・小庭《こにわ》・庭揚《にわあ》げ〉仲秋 生活

◆夜《よ》なべ〈夜仕事《よしごと》・夜業《やぎょう》〉晩秋 生活

夜庭は、夜に籾《もみ》を摺《す》ることを指す。朝に摺る場合は「朝庭」と言う。磨《す》り臼《うす》や唐箕《とうみ》で籾《もみ》殻《がら》を除く作業が籾摺《もみすり》である。籾摺の作業は機械化して、夜庭という季語は絶滅危惧種になっている。長野県上田市に住む矢島渚男《やじまなぎさお》は、〈夜庭とふつましき季語も失せにけり〉と詠んだ。収穫作業を終えることを「庭仕舞」といい、また、それを祝って、「庭揚げ」と呼んだ。

夜庭には、秋の夜長を利用する知恵という面もあるが、昼の間、日出から日入りまでを田んぼで労働して、さらに籾摺を夜の仕事にするという、たいへんな重労働を表現する季語でもある。重労働を癒やすために夜庭唄が生まれた。宇多喜代子著『古季語と遊ぶ』には、「労働歌でもある夜庭唄は、卑猥で笑いを含んだ内容のものも多いが、あっけらかんとしていて、いかにも彼らの元気の源になった」とある。

宇多喜代子は『里山歳時記　田んぼのまわりで』の「藁と籾殻」の中で、「稲架《はさ》、稲扱《いねこ》き、籾、籾摺、藁塚《わらづか》、今年藁《ことしわら》、これらの季語は実体も実感もない季語ということになって歳時記から消されてしまい…」という将来を予測した。しかし、その中でさらに「穀物や野菜や果物などの実りは、日や月、風雨などの自然の力なくしては望めないということです」と結んでいる。

「夜なべ」と「夜庭」は秋の季語であるが、「藁仕事」は冬の季語で、室内で藁を筵《むしろ》に編んだりする仕事である。夜なべの語源には、いろいろある。夜、鍋物を食べながら仕事をする、あるいは夜並べ、昼の仕事を夜に持ち越して夜延べ、夜遅くまで仕事するから夜延べなどである。夜分の仕事という意味で夜割《よわり》と呼ぶ地方もある。江戸時代初期の慶安御触書《けいあんのおふれがき》に「男は作をかせぎ、女房はおはたをかせぎ、夕なべを仕」とあるように、農民の夜なべは古くからあった。農村の夜なべ仕事としては、籾摺、稲扱き、藁仕事、糸繰り、苧《お》績《う》みなどを、松脂《まつやに》や囲炉裏《いろり》の火のもとで行った。

さびしくて夜なべはかどりをりにけり　　山田弘子

震災記念日《しんさいきねんび》

〈震災忌《しんさいき》・防災《ぼうさい》の日《ひ》〉初秋　行事

関東大震災は、一九二三（大正一二）年九月一日一一時五八分三二秒（日本時）頃に発生した関東大地震によって、南関東および隣接地で大きな被害をもたらした地震災害であり、それを記念して詠む。

伊勢湾台風の被害があった翌年の一九六〇（昭和三五）年、閣議了解によって、それまで関東大震災の慰霊祭が行われていた九月一日を、「防災の日」と定めた。八月三一日から九月一日は、台風の襲来が多いと言われる「二百十日」にあたる。

阪神・淡路大震災の発生日である一月一七日は、「防災とボランティアの日」に定められた。この震災後の活動を日本のボランティア元年だという人もいるが、江戸時代の火消《ひけし》が典型的なボランティアで、その伝統を受け継ぐのが現在の消防団であり、これは世界的に誇れるボランティアの歴史だと私は思っている。

東日本大震災の後、一一月五日が「津波防災の日」と制定された。この日は、安政元年一一月五日に安政南海地震の起こった日で、暗闇の中で村人たちを高台に避難させた「稲むらの火」の言い伝えに因《ちな》む記念日である。旧暦を西暦に換算すると一八五四年一二月二四日になる。

二〇〇四年頃まで、「震災予防調査会報告」に基づいて、関東大震災の死者と行方不明者は約一四万人と言われていたが、武村雅之さんらの研究で数字に重複があるとわかり、『理科年表』では二〇〇六年版から、死者・行方不明者一〇万五〇〇〇人あまりとしている。その中で火災によるものが九万一七八一人である。阪神・淡路大震災ではほとんどの死者が圧死であり、東日本大震災では死者のほとんどは津波による水死であった。

変動帯にある日本列島では、地震や噴火や津波が多く、大震災の記念日も次つぎと発生する。それぞれの震災から、それぞれの教訓を学ぶことが大切である。東京都復興記念館は、陸軍被服廠《ひふくしょう》のあった所で、関東大震災の惨事を長く後世に伝え、焦土を復興させた大事業を記念するためのものである。

琴の音のしづかなりけり震災忌　　山口青邨

蜻蛉《こんぼ》

〈とんぼう・あきつ・やんま・麦藁蜻蛉《むぎわらとんぼ》・塩辛蜻蛉《しおからとんぼ》〉三秋 動物

◆赤蜻蛉《あかとんぼ》〈秋茜《あきあかね》〉三秋 動物

トンボの仲間は、全世界に約五〇〇〇種類、日本には二〇〇種類近くが分布する。最大種とされるのは八〇センチのメガニューラで、化石種である。一五ミリのイトトンボが最小である。卵、幼虫、成虫という成長段階を経る不完全変態の昆虫で、幼虫は腹腔中にエラを持っており、淡水中で過ごす水生昆虫で、「やご」と総称する。

イトトンボは、灯心蜻蛉《とうしん》、とうすみ蜻蛉、とうしみとも詠まれ、ニホンカワトンボは、おはぐろ蜻蛉、かねつけ蜻蛉とも詠まれる。

シオカラトンボは、五センチほどのトンボで、雌雄の大きさは同じであるが、老熟した雄と雌とで体色が著しく異なる。雄は灰白色の粉で覆われたようになり、塩辛蜻蛉と呼ばれ、雌や未成熟の雄は黄色に黒の斑紋が散在するので麦藁蜻蛉と呼ばれる。稀に雌も塩辛型になるが、複眼が緑色であり、複眼の青い雄と区別される。

トンボ科アカネ属を総称して赤蜻蛉と呼ぶ。秋に平地に群を成して出現するアキアカネのみを指すこともある。色は黄色で群を成して出現するウスバキトンボを赤蜻蛉と呼ぶこともある。アキアカネは体温調節昆虫と呼ばれ、赤は気温と関係し、雌は雄に比べて赤色が淡いが、寒冷地では雌の方が赤い比率が高い。また、他のトンボが翅《はね》を水平または垂直に閉じてとまるのに対して、アキアカネは翅を下げて休む。

トンボは、空中でホバリングする。とまるとき他の昆虫のように翅を背中に並べることはできない。これは原始的特徴と見られている。脚は歩行には適していないので、とまるのに使うだけで、移動には翅を使う。

日本では、蜻蛉は素早く飛び、前進だけなので、不退転の精神を表す「勝ち虫」として武士に喜ばれ、兜や鎧《よろい》、箙《えびら》、刀の鍔《つば》などの武具、陣羽織や印籠《いんろう》の装飾に用いられた。「蜻蛉返り」という言葉にも登場する。蜻蛉は西洋の文化において不吉なものとされ、「魔女の針」とも呼ばれる。

九頭竜は逆潮どきの秋あかね　石田勝彦

秋鯖《あきさば》

三秋　動物

鯖は一年を通じて入荷される魚である。サバは、マサバ、ゴマサバ、大西洋サバが市場にある。秋から冬にかけて美味しくなるのがマサバであり、一〇月から一一月のものが「秋鯖」と呼ばれる。夏場に北上し、襟裳岬《えりもみさき》付近から産卵のために南下し始める。マサバは産卵後に再び栄養を摂る。このサバが、脂が乗り、赤身の肉は柔らかく旨みがあり、最も美味しいものとされる。三陸沖、金華《きんか》沖の定置網で獲れたマサバは、「金華鯖」と呼ばれ、市場でも人気のブランド鯖である。

サバは脂質に富む。とくに多価不飽和脂肪酸が群を抜いて多く含まれる。エイコサペンタエン酸（ＥＰＡ）やドコサヘキサエン酸（ＤＨＡ）に代表される多価不飽和脂肪酸は、悪玉コレステロール（ＬＤＬ）や中性脂肪を減らし、逆に善玉コレステロールを増やす働きがあり、動脈硬化の予防と改善、脳卒中の危険因子となる高血圧などの生活習慣病に効果があるという。

秋鯖や上司罵るために酔ふ

草間時彦

鯖寿司は、九州から中国地方、四国、近畿、北陸にわたって多く、山陰から山間部にかけて多い。福井県若狭や山陰、新見などの郷土料理として有名である。バッテラやへしこ寿司、焼き鯖寿司もある。鯖寿司は京料理の一つでもあり、祭りなどの「はれ」の日に鯖寿司が作られる。日本海側の若狭で水揚げされた真鯖に一塩をして、荷車で山を越えて運ばれてきた。その道が花折《はなおり》断層に沿う道で、「鯖街道」と呼ばれる。

鮮魚が豊富な今でも食文化としてしっかり継承されている。京都祇園のいづうは、一七八一(天明元)年の創業である。その鯖姿寿司は花街に受け継がれた文化の一つであり、お座敷へ運ぶ器に色絵の古伊万里《こいまり》や食籠《じきろ》を使う。本店の席は六代目からである。日本近海の真鯖、江洲米《ごうしゅうまい》、北海道産の昆布の寿司を竹の皮で包む。昆布の成分が鯖とご飯へ移る時間が重要で、客の好みの食べごろに合わせて作る。

岡山県北部では、山陰地方で獲れた鯖を塩漬けにして出雲街道で運び、到着するころには酵素により旨みが増し、塩加減もほどよくなっていて各家庭で棒寿司が作られ、祭りなどにもご馳走として振舞われる。

鵙《もず》

〈百舌鳥《もず》・鵙猛《もずたけ》る・鵙《もず》の贄《にえ》・鵙《もず》の声《こえ》・鵙日和《もずびより》〉三秋　動物

モズは、開けた森や林、河畔の林、農耕地などに棲む。動物食で、昆虫、節足動物、甲殻類、両生類、小型爬虫類、小型鳥類、小型哺乳類などを食べる。樹上から地表の獲物を探して捕らえ、樹上に戻って獲物を食べる。

モズの早贄《はやにえ》が知られている。モズは捕らえた獲物を木の枝に突き刺し、あるいは木の股に挟む。秋に初めての獲物を生け贄として捧げたという言い伝えがある。早贄はモズ類のすべての行動である。大阪市立大学と北海道大学の共同研究によって、早贄の消費が多いと繁殖期の雄の歌の質が高まり、相手を獲得しやすくなるということが明らかになった。歌の魅力を高める栄養食として機能しているという。また、早贄のほとんどが消費されること、気温の低い時期に消費量が多いことなどが判明している。

早贄の位置によって冬の積雪量を占うことができるという説もある。モズは本能的に積雪量を感知して、早贄を雪に隠れない位置に置くという説であるが、確認した論文はまだ見つけることができていない。

さまざまな鳥の鳴き声を真似て複雑な囀《さえず》りを行うことから、「百舌鳥」の和名がある。モズの繁殖形態は卵生で、二月から八月、樹上や茂みの中に木の枝などを組み合わせた皿状の巣を雌雄共同で作る。数個の卵を産み、年に二回繁殖することもある。雌が抱卵し、抱卵期間は一四日から一六日で、雛は孵化《ふか》してから約一四日で巣立つ。カッコウに托卵《たくらん》されることがある。

秋から一一月頃にかけて、「キーイッ」という激しい鳴き声を出して縄張りを主張する。鵙の高鳴きという。縄張りを確保した鵙は縄張り内で単独越冬する。冬には北日本のものや山地のものは南下し、あるいは山麓へ下る。秋の高鳴きで縄張りを確保し、越冬したものは、二月頃から越冬した場所で繁殖する。四月中頃までに雛を育て終わった親鳥は、高原や北へ移動する。

かざす手に血の色透けて鵙日和　　片山由美子

七節《ななふし》

〈竹節虫《ななふし》〉三秋　動物

ナナフシは、体に節を持つ棒のような姿の昆虫である。七節の七は「たくさん」の意味で、実際にはもっと多く節を持つ。節足動物門昆虫綱ナナフシ目に属する昆虫の総称である。草食性の昆虫で、木の枝に擬態《ぎたい》した姿が特徴的である。竹節虫は、中国語由来の表記である。属名の Phasmatodea は「異様なもの」の意味である。季語としては、蟷螂《かまきり》などと同じく命のはかなさを感じさせる生き物として詠まれる場合がある。

硬い卵殻に覆われた卵は、植物の種子に似ている。成虫の体長は数センチから五〇センチを超えるものまである。日本に一五から二〇種類ほどが生息しているといわれる。不完全変態で、基本的に両性生殖だが、ナナフシモドキなど、単為生殖を行い、雄が非常に稀というものもある。翅や飛翔能力を失ったものが多く、進化の程度がさまざまで、雌雄とも完全な飛翔能力を持つものや、雄のみ飛翔能力を持つもの、雌雄とも完全に無翅《むし》のものなどがある。上翅《じょうし》を持つが飛べないものもある。

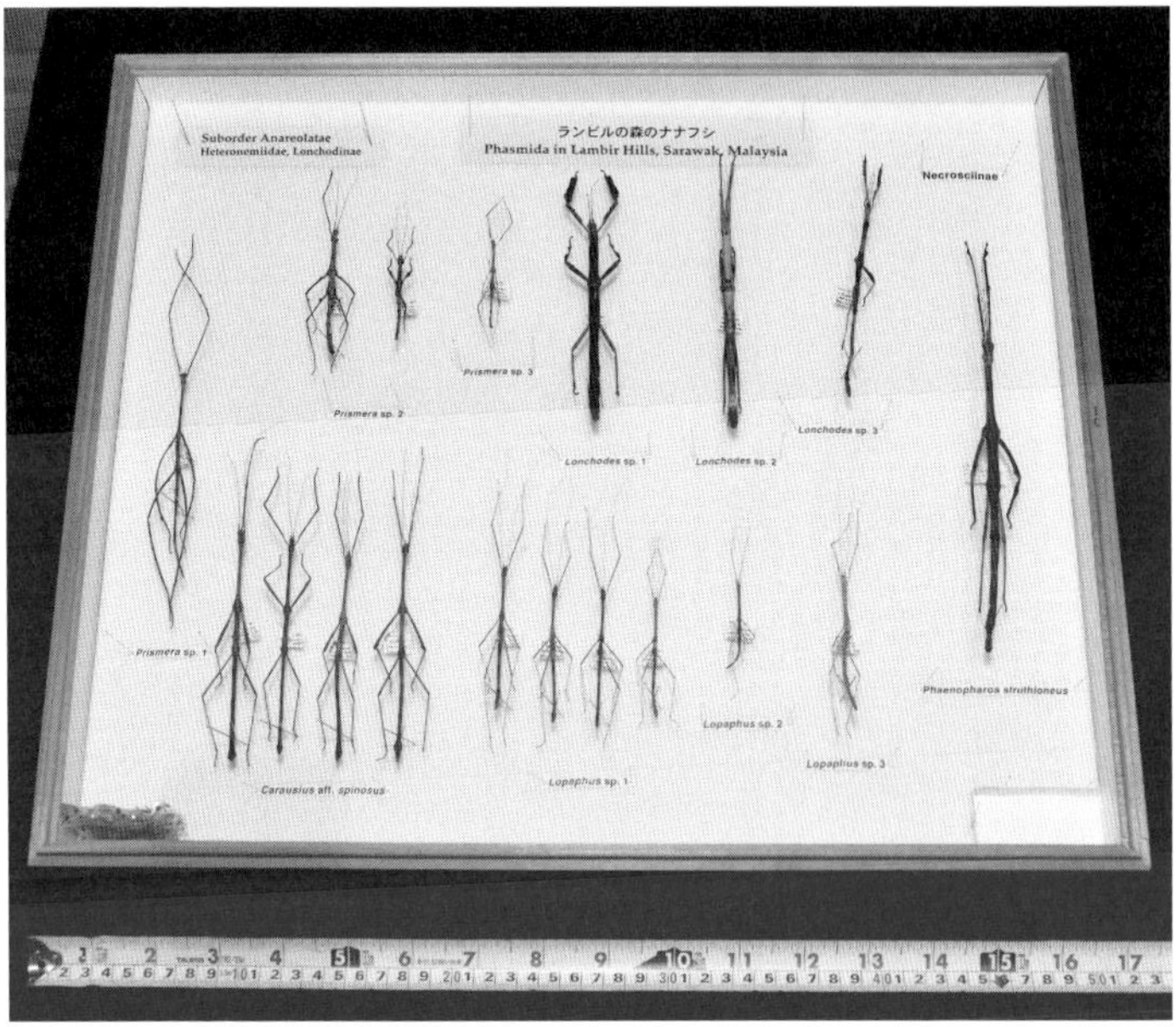

ナナフシの標本（京都大学総合博物館）

昆虫は今から4億年前に地球上に出現して、さまざまな環境に適応しつつ驚くべき生きる術を獲得して多様化を遂げた。進化の知恵の宝庫といえる。その種数は100万種を超え、現在知られている全生物種の半分以上を占めている。京都大学では、京都帝国大学の時代から今まで、日本の昆虫学の拠点として昆虫の生態や進化および背景のメカニズムの解明に挑み続けている。京都大学総合博物館の標本のナナフシの大きさに驚きながら、節を数えるのが楽しい。ゴキブリの標本もおもしろい。国立科学博物館には世界最大級の昆虫の標本として、ボルネオに生息する巨大ナナフシがある。大きいものでは体長62センチというのがいるという。ちなみに世界最小の昆虫は、ホソハネコバチの一種で、0.139ミリだという。

※ 写真の物差しは下側がセンチメートル、上側が寸（約3.03センチ）

防御手段の一つに、襲われたとき、脚を自ら切り離す、すなわち「自切」を行う種が多い。幼児期の自切であれば、失われた脚は脱皮とともに再生する。成長段階の終わりに近い時の自切ほど再生されにくい。

自重の四〇倍の重量を運搬することができる。自重の二〇分の一しか運べなかった産業用ロボットを、ミュンヘン工科大学などで幅広く研究した結果、ナナフシモデルと呼ばれる六脚のロボットが開発された。

ナナフシは長距離の移動ができないが、鳥の助けで移動する。卵が硬く、外側には水に溶けにくいシュウ酸カルシウムの層がある。鳥に食べられても消化されずに排出される。もともと地面にばらまくように卵を産むので、卵をどこに落とされても困らない。アゲハチョウは幼虫が食べるミカン科の植物の葉に産卵するが、ナナフシは幼虫の扱いがそれほど丁寧ではないのかもしれない。

長距離を飛べなくても、陸地とつながったことのない島に分布していることがわかっているが、鳥に運ばれたのか、海を流れて分布したのか、今後の研究課題の多い動物である。

七節蟲の単なる棒があるき出す

高澤良一

雁《かり》

〈雁《がん》・かりがね・真雁《まがん》・初雁《はつかり》・雁渡《かりわた》る・雁来《かりく》・雁《かり》の列《れつ》・雁《かり》の棹《さお》・雁行《がんこう》・雁《かり》の声《こえ》・落雁《らくがん》〉晩秋　動物

カリもカモと同じガンカモ科に属しているので、その形や習性がよく似ている。歳時記にも晩秋の「雁」の他に、冬の雁、寒雁《かんがん》、春の雁、残る雁というように登場する。季節を追って雁を見ると、まず「春の雁」である。北方へ帰っていくので、日本列島ではだんだん数が減っていく三月ごろの雁のことをいう。「残る雁」は帰らずに留鳥《りゅうちょう》として日本列島に残っている雁のことをいう。季語の「帰る雁《かり》」（帰雁《きがん》・雁帰る・行《ゆ》く雁・去る雁・雁の別れ）は、日本で越冬した雁が、春になって北に帰っていくことを指す。単に「雁」といえば秋の季語である。三月ごろ、各地の沼などを飛び立ったマガンは、北海道石狩平野の宮島沼に集結するといわれている。四月中旬から下旬に日本を離れる。北へ向かう雁の鳴き声は悲哀の情を誘うとして、古来詩歌に数多く詠まれる。また、茶の湯の銘にも「帰雁」から「雁渡し」まで季節を追って使われている。

ロシアの湖沼から、カムチャッカ半島、北海道、秋田と南下し、最終的な越冬地である伊豆沼までの飛行距離は約四〇〇〇キロメートルである。

青森県外ケ浜では、春に雁が帰ったあと、海岸の木片を拾い、風呂をたてた。秋に渡ってくる時、海上で羽を休めるための木片をくわえてきて、帰る時その木片を拾っていくと言われる。残った木片は死んだ雁の数であり、雁を供養して村人が風呂を焚《た》いた。

秋の「雁」は、一般にマガンのことを指す。北で繁殖して飛来し、春には北へ帰る。越冬中、湖沼に群生している。連なって飛ぶ姿が鉤《かぎ》や竿《さお》のように見える。夜間、水上で眠るために空から下りてくるのを「落雁」という。

「冬の雁」また「寒雁」は、早朝に餌《えさ》をあさりに出かけ、稲の落穂などを食べる。

雁やのこるものみな美しき　　石田波郷

かりがねやそよろと立ちて近江富士　　大石悦子

冬の雁二三羽とほき田へ移る　　永方裕子

秋刀魚《さんま》

〈さいら・初秋刀魚《はつさんま》〉晩秋 動物

名の由来は、刀に似て細長く、背は蒼黒く、腹は銀白色であることからで、サンマ科の海産魚である。九月ごろ北方から南下する群れは、一〇月ごろには千葉県九十九里沖までくる。そのころの脂の乗った秋刀魚が大衆魚として食膳にのぼる。大きな鱗《うろこ》がなく、内臓やエラを取り出すこともないので、包丁を必要とせず、料理入門用の鮮魚とされる。

古くは、サイラ(佐伊羅魚)、サマナ(狭真魚)、サンマ(青串魚)などの読み書きがあった。夏目漱石は『吾輩は猫である』の中で「三馬」と書いている。「秋刀魚」の表記は大正時代からと言われるが、現代では唯一となった。中国でも同じ漢字で記している。

サンマには、エイコサペンタエン酸が含まれ、血流をよくして脳梗塞、心筋梗塞などを予防する効果がある。また、ドコサヘキサエン酸も豊富に含まれ、悪玉コレステロールを減らし、脳細胞を活発化させる。

夏の秋刀魚はあっさりしていて、刺身にして食べるが、秋の秋刀魚は脂肪が多い。塩焼きの秋刀魚は日本の秋の味覚の代表である。臭橙《かぼす》、酸橘《すだち》、柚子などを搾って、醬油をかけ、大根おろしを添える。秋刀魚は餌を採食してから排出するまでの時間が三〇分と短いため、内臓に独特の味がある。それを好む人も多い。

保存食としての蒲焼きの缶詰は水産物缶詰のなかでも人気がある。伊豆、紀州、北陸などで、脂の落ちた秋刀魚を丸干しに加工する。秋刀魚の若魚を丸干しにしたものは「針子《はりこ》」、三重県の鈴鹿では「カド」と呼んでいる。

他の青魚と同じく酢でしめて寿司にする。押し寿司としても利用する。紀伊半島、志摩半島の一部では今でも「サイラ」と呼び、開きにして一夜干しにしたものを焼いて食べる。志摩では天《あま》の岩戸《いわと》の神饌《しんせん》の一つで、例大祭の一一月二三日に、岩戸の前で秋刀魚を焼いて食べる。

全長に回りたる火の秋刀魚かな　鷹羽狩行

茸《きのこ》

〈菌《きのこ》・茸《たけ》・毒茸《どくたけ》・月夜茸《つきよたけ》〉晩秋 植物

◆茸狩《たけがり》〈茸狩《きのこがり》・茸《きのこ》とり・菌狩《きのこがり》・茸籠《きのこかご》・茸筵《きのこむしろ》・茸山《きのこやま》〉晩秋 生活

椎茸《しいたけ》・初茸《はつたけ》・猿茸《ましらたけ》〈猿《さる》の腰掛《こしかけ》〉三秋 植物　舞茸《まいたけ》 仲秋 植物　松茸《まつたけ》・占地《しめじ》 晩秋 植物

大型の菌類を呼ぶ俗称で、茸や菌の字を「きのこ」と読む。「たけ」と読むこともある。菌類が胞子《ほうし》形成のために複合的な構造を形成するが、とくに大型のものをキノコと呼ぶ。一抱えもある巨大なものもあるが、すべて菌糸《きんし》からできている。

古くは草片《くさびら》と呼ばれていた。狂言にも、屋敷に茸が生えて、山伏に祈禱《きとう》を頼むけれど茸が増え続け、動き回るようになる演目「くさびら（菌・茸）」がある。松茸は『万葉集』に詠まれ、平茸《ひらたけ》は『今昔物語集』や『平家物語』に出てくる。

滋賀県栗東市にある菌《くさびら》神社は、茸を祀っている。六三七年ごろの大飢饉のとき、茸で人びとが救われた。水木しげるの著書では、飢饉の時に森から「クサビラ神」という妖怪が現れる。怖いがついていくと大量の茸に出会える。

茸には種がなく、朽ち木や枯れ葉から養分を取って胞子で増える。温暖かつ湿潤な日本列島によく合っており、日本には六〇〇〇種を超える茸の種類がある。

茸では、もっぱら食用にするシイタケが中心的存在で、春シイタケを「春子《はるこ》」と呼ぶ季語がある。話題になりやすい松茸とともに秋の季語に多くの茸があり、また、梅雨の時期には梅雨茸がある。

猛毒の茸もある。カエンタケ（火炎茸・火焔茸）は、鹿の角の形で真っ赤である。猛毒で食べると死亡率が高く、触るのも危険である。ツキヨタケ（月夜茸）は緑に発光して夜の観賞用として優れている。秋、山毛欅《ぶな》の枯木に群生し、若いうちはヒラタケやシイタケなどによく似ていて誤食されやすいので中毒がもっとも多く、死亡例もある。

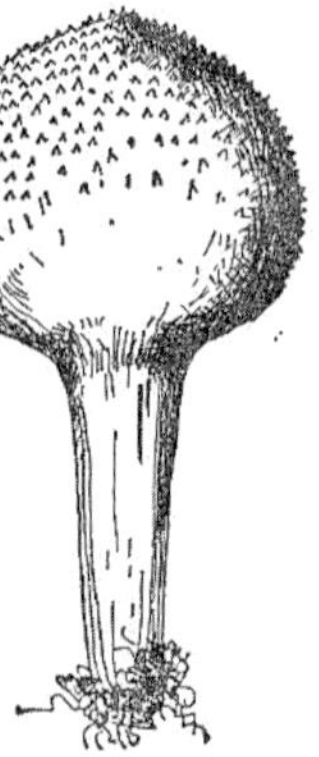

キツネノチャブクロ
成熟すると頂端に小さい孔ができて胞子を煙のように散布する。
（イラスト　上村登）

猿茸は「猿の腰掛」とも呼ばれ、枯木や倒木に寄生し、半円形または棚のような形になる茸で、茸狩の対象にはならないが漢方などに使われることもある。

埃茸《ほこりたけ》は、「狐の茶袋」の別名があり、

「煙茸《けむりだけ》」とも呼ばれる。幼菌は香りが強いので好みが分かれるが食用となる。吸い物、酢の物、串焼きなどに合うという。鉛《なまり》やカドミウムなどの重金属やセレンなどを吸収して体内に蓄積する性質（生物濃縮という）を利用し、土壌汚染の程度を推定する指標としての応用が期待されている。

庫裡の笊けふは名もなき菌干す　後藤夜半
一日はおまけのごとし茸汁　宇多喜代子
煙茸突つつく番を待ちにけり　正木ゆう子
空に声放ち人呼ぶ菌狩　茨木和生

キヌガサタケ
マント状の部分の成長速度が植物界第一と言われている。
（イラスト　上村登）

自然薯《じねんじょ》 〈山《やま》の芋《いも》・山芋《やまいも》〉三秋 植物

◆薯蕷《ながいも》〈長薯《ながいも》〉三秋 植物　零余子《むかご》〈ぬかご〉三秋 植物

薯蕷、長芋は畑で栽培されたもので、とろろ汁のもととなる。野山に自生しているものは自然薯で、味と粘りが強く、滋養強壮によいとして値段が高い。

自然薯は、山野に自生するヤマノイモ科のつる性多年草の根茎《こんけい》で、植物名は「ヤマノイモ」である。夏に花が咲き、葉腋にムカゴができる。ムカゴも食べるが、食用になる根は長大で多肉、地下に深く下りているので、掘り出すのが容易ではなく、また楽しみでもある。粘りが強く、擂《す》りおろして食べる。栽培される里芋に対して、山の芋、自然薯という。

東海道の二〇番目の宿場・鞠子宿《まりこしゅく》のとろろ汁は、自然薯を味噌でのばす。この宿のとろろ汁の店は「丁字屋」で、一五九六（慶長元）年創業である。

自然薯は、日本原産で、北海道南西部から本州、四国、九州、沖縄に分布する。国外では台湾および朝鮮半島、中国に分布している。やや湿った土壌を好むが、あまり鬱蒼とした林の中では自生せず、高山にも分布しない。むしろ町に近い場所に育つ。

茎が他のものに絡み、地上の蔓は一年で枯れる。葉は対生で、まれに互生する。花期は夏である。葉腋から穂状の花序を出して白い花をつける。雄株と雌株があり、雄花の花序は直立し、雌花の花序は垂れ下がる。果実は平たい。雌株は種子のほかに、葉腋に発生する球状の芽であるムカゴをつけて栄養繁殖する。

地下の芋とされる部分は、担根体《たんこんたい》と呼ばれる。これは地下深く伸びる。それを折らないように丁寧に周りを崩して掘る。収穫したら木を当てて折れないように運ぶ。それを貰った途端に、ぽきぽきと折って鞄に入れたことがニュースになった人もいる。天然の自然薯は、掘り出すことによって山の斜面の崩壊を助長することがあり、山芋掘りが禁止されている地域もある。

山芋の杖より長きめでたさよ　　岸本尚毅

生姜《しやうが》

〈葉生姜《はしょうが》・薑《はじかみ》〉三秋 植物

◆新生姜《しんしょうが》 晩夏 植物

新生姜は晩夏の、生姜は三秋の季語であるが、「生姜掘る」は初冬の風物である。ショウガはインド原産とされる多年草の植物で、暖地でまれに花をつけるが結実はしない。茎の根元の基部の地下茎が肥大したものを香辛料あるいは生薬に用いる。

秋の新生姜は繊維が柔らかく特に好まれる。酢に漬けたり生で利用したり、ジンジャーエールや蜂蜜漬けにしたり、さまざまな形で味わう。新生姜は水分が多く辛みも弱いので、子どもでも食べやすい。薄切や千切で風味をしっかり味わうのに向いている。千切でサラダ風に和えると夏野菜との相性がよい。一年中手に入る茶色い生姜は、古根《ひね》生姜、囲い生姜などと呼ばれる。古根生姜は新生姜を二か月程度貯蔵したもので、繊維質が増えて辛味が強くなる。

ショウガに含まれる重要成分は、ジンゲロール、ショウガオール、ジンゲロン、精油である。ジンゲロールは生のショウガに多い辛味成分で、免疫細胞を活性化して老化を防ぐが、酸化しやすく空気に触れて三分後には消滅する。また加熱や乾燥をすると別の成分に変わる。ジンゲロールを摂取するためには食べる直前に擂《す》りおろす。

ショウガオールは乾燥や加熱で生成され、体を温める効果がある。冷え性の改善には、生ではなく加熱や乾燥生姜が効果的である。ただし、摂氏一〇〇度を超えると破壊される。

黄金《こがね》しょうがは肉質が黄金色で、調理後も退色しにくいので料理を色鮮やかに見せる。ジンゲロール、ショウガオールも一般的なショウガより多い。繊維が少なくおろしやすい。大生姜は、高知県の在来種で一般に栽培されている。根塊が大きいため、皮を剝いて使いやすい。マイルドな香りが特徴である。三州《さんしゅう》生姜は黄生姜とも呼ばれる。辛味が強く、少ない量で薬味の効果がある。瘤《こぶ》が小さいため収穫量が少なく栽培量が少ない。（カラー141頁）

しろがねのどろめのれそれ生姜擦れ

小澤　實

唐辛子《たうがらし》〈蕃椒《とうがらし》・鷹《たか》の爪《つめ》〉三秋　植物

◆青唐辛子《あおとうがらし》〈青唐辛《あおとうがらし》・青蕃椒《あおとうがらし》・葉唐辛子《はとうがらし》〉晩夏　植物

トウガラシは、唐芥子、蕃椒などとも書く。中南米の原産で、ナス科トウガラシ属（Capsicum）の植物で、主に果実と、果実から作る香辛料のことを言う。メキシコでは紀元前六〇〇〇年に利用の歴史を遡ることができる。世界各国へ広がったのは一五世紀になってからである。トウガラシ属が自生している南米では、ウルピカなどの野生種の香辛料もある。トウガラシ属には、ピーマン、シシトウ、パプリカなどもあるが、季語の唐辛子は辛味のある品種を詠む。

トウガラシの辛味成分であるカプサイシンの辛さは刺激が強く、人の粘膜《ねんまく》を傷つける。過剰に摂取すると胃腸などに問題を起こす。皮膚の弱い部分につくと痛みを起こす。収穫や加工、料理で唐辛子に触った手で粘膜に触れると強い刺激がある。人以外では、野生獣の嗜好性が低い農作物であり、農地の外周に植えられる。鳥類にはカプサイシンのレセプターがない。種子の散布戦略による進化と考えられている。

日本では二〇一八年、輸入量一万四〇〇〇トンに対して国産はその一パーセントである。インドやタイ、韓国などでは唐辛子が日常的に使われ、子どもの頃から慣らされて舌や胃腸が強くなっている。日常的に使わない日本人では痛みとして認識されて敬遠される。カプサイシン受容体は痛み関連受容体に分類される。メキシコ、西アフリカ、四川省、湖南省など、とくに暑い地域で、食欲増進、発汗で夏負けを防ぐ。一方、韓国、ブータンなどの暑くない地域でも唐辛子を好む食文化があり、気候的要因だけではない文化でもある。朝鮮半島へは日本から唐辛子が伝わったというのが日韓ともに通説である。朝鮮出兵のときに武器や凍傷予防薬として加藤清正が持ち込んだと言われている。

フィリピンや中国などでは葉唐辛子を青菜と同様に食べる。日本でも葉唐辛子を炒め、佃煮にもする。

電話帳うすき在所や唐辛子　　小川軽舟

藍の花《あゐのはな》

仲秋 植物

藍の花には二つの意味がある。一つは植物の藍に咲く花であり、歳時記の藍の花である。もう一つは、日本の伝統的な藍染《あいぞめ》に関係する。土に埋めた瓶《かめ》の中に、葉藍を刻んで発酵させた蒅《すくも》、小麦ふすま（発酵の栄養源）、灰汁《あく》を入れて一週間発酵させ、蒅中のインジゴを還元して水溶性にするとき、液面に泡が立つと染めることができるようになる。この泡を「藍の花」という。

アイはタデ科の一年草で、茎葉から藍色の染料を採るために栽培されている。晩夏、茎頂や葉腋から長い花柄を伸ばして紅または白色の小花を穂状に咲かせるが、開花直前に茎葉を収穫するので花を見る機会が少ない。白花、あるいは赤花が咲く「小上粉《こじょうこ》」、「小千本《こせんぼん》」などの品種がある。

外形はイヌタデによく似るが、アイは葉を傷つけると傷口が藍色になる。茎は高さ六〇センチから九〇センチになり、よく枝分かれする。葉は幅の広い披針形《ひしんけい》で、竹の葉のように先端が尖り、基部はやや広い。原産地は東南アジアである。

アイの葉は藍色素の原料となるが、乾燥させて、解熱、殺菌の漢方薬としても用いられている。江戸時代には蜘蛛や蛇などに咬《か》まれた傷の治療に用いられた。

抗ガン作用を持つトリプタンスリンや抗菌活性を持つケンペロールなどの複数の生理活性物質がアイから単離されている。アイの葉にはフラボノイド配糖体が豊富に含まれる。藍の葉を刺身のつまに使い、また酢と混ぜて鮎の臭み取りに使う。

歳時記には春の「藍蒔《ま》く」がある。藍は二月ごろに種を蒔き、丈が伸びると苗床から畑に移植する。四国の吉野川の沿岸が主産地で、以前は各地に分布していたが、化学染料の出現によって生産は極端に少なくなっている。歳時記には他に藍染の「藍浴衣《あいゆかた》」がある。浴衣は木綿で作られた単衣《ひとえ》の、入浴に用いた「湯帷子《ゆかたびら》」の略である。浴衣で人前に出るのは明治以降で、藍染、絞り染などが主流であった。


ひとゝせはかりそめならず藍浴衣　　西村和子

橡《こちのみ》の実

〈栃《とち》の実《み》〉晩秋　植物

◆橡餅《とちもち》　晩秋　生活

栃の実は、光沢のある黒褐色の大きな種子である。種子の澱粉の灰汁は強いが、晒《さら》して餅や団子を作る技術が伝わる。灰汁抜きには手間と時間がかかる。各地方や家庭で受け継がれるコツがあり、それを習わないと、灰汁抜きは難しい。完璧に抜くのは困難で、栃餅の独特の苦味を愉しむのである。

栃の実文化が最も色濃く残っているといわれる、月山《がっさん》の日本海側に位置する山形県鶴岡市の朝日地区では、山に自生する栃の木を守り続け、国内随一の代々伝わる秘伝の製法で「あく抜き栃の実」を作り出して販売している。それを用いた栃餅を家庭でも作ることができる。あく抜きした栃の実でも、そのままでは刺激があるが、他の食材に混ぜ合わせると、風味豊かな食物を作る。

栃の実を踏みしが木曾のはじめかな

藤田湘子

右城暮石の「橡の実の熊好む色してゐたり」の句があり、茨木和生の「橡の実を熊に残して拾ひけり」の句も好きで、京都大学の基本理念「地球社会の調和ある共存」を語るときには、かならずこれらの句を引用して話してきた。

大学でこれを語ると議論になる。熊は栃の実に多く含まれるタンニンが嫌いで、栃の実を食べることはないという説が登場する。ドングリにはタンニンが少ないので、熊は青いドングリだけを食べるという。要するに、人以外の動物が食べないので、飢饉の時などに人の非常食になったというのである。

村には栃の巨木が大切にされており、熊は冬眠のための穴として使う。栃の巨木は目立つ。この巨木に登って栃の実を食べていれば目撃例や痕跡が見つかるはずだが、実際には報告がない。ドングリが茶色になって落果する時期になると、熊が木に登ってドングリを食べる姿も観察されていないと言われる。

ところが最近、鹿が栃の実を食べるという報告があり、北海道では蝦夷《えぞ》鹿も好んで食べているということも聞いた。しばらく栃の実の議論が続きそうである。（カラー140頁）

紅葉《もみぢ》

〈紅葉《こうよう》・紅葉《もみ》づ・色葉《いろは》・夕紅葉《ゆうもみじ》・村紅葉《むらもみじ》・谷紅葉《たにもみじ》・紅葉山《もみじやま》・紅葉川《もみじがわ》〉晩秋 植物

◆黄葉《こうよう》〈銀杏黄葉《いちょうもみじ》〉晩秋 植物

紅葉、黄葉、いずれも「こうよう」と読み、旧仮名づかいで紅葉は「こうえふ」、黄葉は「くわうえふ」である。「もみぢ」の名は、絹地を紅花で染めた紅絹《もみ》に由来するという。典型的な紅葉となるカエデの化石は、約六〇〇〇万年前の地層に出現し、三〇〇〇万年前に著しく分化した。カエデの葉の化石が栃木県那須塩原市や秋田県湯沢市で見つかる。紅葉前線が九月に大雪山《たいせつさん》から南下し始める。一日の最低気温が摂氏八度以下になることが色づくために必要な条件で、五度以下で一気に紅葉が進む。冷えると葉柄《ようへい》のつけ根に離層ができ、葉の中で糖類が変化する。色の違いは酵素の違いで、紅色は生産されたアントシアン、黄色はカロテノイドであり、タンニンが多いと褐色になる。

京都盆地はいくつもの活断層の運動で生まれた。百万年ほどの間に隆起した山地から土砂が流れて扇状地《せんじょうち》を作り、京都盆地の厚い堆積層を形成し、その中に豊富な地下水を含むようになった。京都盆地の夏は蒸し暑く冬は底冷えするが、その気候が、夏の間たっぷりと糖類を蓄えた葉に、底冷えの始まりとともに、楓や桜の紅葉の微妙な色合いの変化を生み出してくれる。

イチョウは生きている化石と言われる。白亜紀《はくあき》末、地球は激変して新生代《しんせいだい》となった。そのときイチョウの種を運ぶ恐竜が絶滅し、裸子植物から被子植物の世界に替わった。そのような激変の中を、中国の天目山《てんもくさん》にだけ生き残った今のイチョウが、人の手で世界に広まり、人の暮らしの中で大樹となった。

イチョウは雌雄異株である。イチョウの精子が一八九六（明治二九）年、平瀬作五郎《ひらせさくごろう》によって発見され世界を驚かせた。その株が生きていて小石川植物園の象徴となっている。

関東大震災の火災から生き残った「震災いちょう」は、変動帯の日本の典型的な自然現象である噴火と地震と津波を常時監視する気象庁の前、皇居の内堀に沿ってしっかりと立っている。

山桜もみぢのときも一樹にて

茨木和生

柿《かき》

〈甘柿《あまがき》・渋柿《しぶがき》・富有柿《ふゆうがき》〉晩秋　植物

柿の木は、カキノキ科カキ属の一種の落葉樹で、東アジア原産の同地域固有種である。日本、朝鮮半島、中国大陸に多くの在来品種がある。特に中国では長江流域に自生する。熟した果実を柿という。食用で、日本では果樹として北海道以外で栽培されている。どんな山奥にあっても持ち主がいると昔祖父から聞いた。柿の木の幹は家具に用いる。黒色の縞や柄が生じて部分的に黒くなった材は「黒柿」と呼ばれ、銘木中の銘木と珍重されている。葉は加工して煮出して飲む。果実はタンニンを多く含み、柿渋《かきしぶ》は防腐剤として用いる。現在では世界中の温暖な地域（渋柿は寒冷地）で栽培されている。

甘柿は渋柿の突然変異である。一二一四（建保二）年、神奈川県川崎市にある王禅寺《おうぜんじ》で偶然発見された。この「禅寺丸《ぜんじまる》」が日本で最初の甘柿と位置づけられる。中国の羅田《らでん》県周囲に羅田甘柿という甘柿があり、京都大学の調査で、日本産甘柿の形質発現は劣性遺伝であるのに対し、羅田甘柿は優性遺伝で、タンニンの制御方法が異なるとわかった。

柿

柿の産地で知られるのは和歌山県、奈良県が群を抜き、あとには福岡県、岐阜県、愛知県と並ぶ。名産品では、岐阜県瑞穂市発祥の富有柿が甘柿の代表で最も多く栽培されている。佐渡のおけさ柿も甘くてジューシーな特産物になっている。干柿は甲州百目、市田柿など、寒冷地で生産される。

渋柿は、実が熟しても果肉が固いうちは渋が残る。平核無《ひらたねなし》、刀根早生《とねわせ》などが代表的である。渋柿の果肉にはタンニンがあり、水溶性で渋味が強いため生食できない。渋柿を食用にするには熟柿《じゅくし》になるのを待つか、タンニンを不溶性にする渋抜きの加工をする。湯やアルコールで渋を抜くことを「醂《さわ》す」といい、できたものを「さわし柿」と呼ぶ。アルコール漬けにしたものは樽《たる》柿という。加熱すると柿タンニンが再び水溶性になり渋くなる。これを「渋戻り」という。

干柿は柿の果実を乾燥させた食品である。日本古来のドライフルーツと言える。枯露《ころ》柿、転《ころ》柿、白柿などとも呼ばれる。日本、朝鮮半島、中国大陸、台湾、ベトナムなどで作られる。日系移民によってアメリカ合衆国のカリフォルニア州にも干柿の製法が伝えられている。「柿博打《かきばくち》」という秋の季語は、忘れられた季語の一つである。宇多喜代子著『古季語と遊ぶ』にある。柿の種の数の丁半で勝負を決める賭博のことで、柿の種の数は割ってみなければわからないから賭けになる。季語にあるということは広く行われていたことを意味する。

柿博打あつけらかんと空の色　　岩城久治

里ふりて柿の木もたぬ家もなし　　芭蕉

瓢の実《ひょんのみ》

〈ひょん・蚊母樹《いすのき》の実《み》・蚊母樹《いすのき》・蚊子木《ぶんしぼく》・瓢《ひょん》の笛《ふえ》〉晩秋 植物

実とあるが果実や種子ではなく、マンサク科イスノキの葉に生じた虫瘤《むしこぶ》である。鶉《うずら》の卵ほどにもなり、虫が出たあとの瘤の穴を吹くと、「ひょう」という良い音が出る。この音が「瓢の実」の由来である。

アブラムシがイスノキから栄養をもらって暮らしたあとの廃墟の虫瘤を採取する。虫瘤は、植物組織が異常な発達を起こしてできる瘤状の突起のことで、虫癭《ちゅうえい》ともいう。さまざまな寄生生物によって、植物体が異常な成長をすることで形成される。アブラムシは季節によって寄生植物を替えるものが多く、移動するときには翅のある個体が生まれて、空を飛んで移動する。その後が笛になる。また、この虫瘤にはタンニンが含まれ、染料としても使われている。

イスノキの虫瘤をつくるアブラムシは、少なくとも二年以上そこで生活しつづけるという。緑色で穴がないものは活動中の虫瘤である。瘤が年月を経ると大きくなる。穴があってもアブラムシが出ていないものもある。

イスノキは、蚊母樹、柞と書く。暖地に自生するマンサク科の常緑高木で、ユスノキ、ユシノキ、ヒョンノキとも呼ばれる。高さは二〇メートルにもなる。樹皮が灰白色で、大木になると赤っぽくなる。四月ごろ葉腋に小花を総状花序につけるが、短期間である。虫瘤がつくことで目立つ木になる。葉にイスノキコムネアブラムシが寄生して葉の面に多数の小型の突起状の虫瘤を作る。また、イスオオムネアブラムシが寄生して丸く大きな虫瘤を作る。後者が瓢の実である。いずれも頻繁に出現するので、これらによってイスノキが特定できると言われる。

材は非常に堅く、家具、杖の素材になる。木刀は、示現流《じげんりゅう》系統の剣術で使用されている。柞灰《いすばい》は陶磁器の釉《うわぐすり》の融剤となる。樹木そのものは乾燥に強く街路樹として栽培される。(カラー140頁)

兄吹きしあとの瓢の実欲しかりき　大石悦子

冬

短日　おでん
三寒四温　炭焼
節分　酸茎
年内立春　寒晒
霰　寒天造る
鎌鼬　砕氷船
鰤起し　鯨
ダイヤモンドダスト　牡蠣
狐火　金目鯛
氷柱　柳葉魚
氷湖　潤目鰯
鮟鱇鍋　大根

短日《たんじつ》

〈日短《ひみじか》・暮早《くれはや》し〉三冬 時候

短日は冬至《とうじ》のころ極限になる。古代、冬至を年の始まりとした。その名残で、今でも冬至は暦の基準とされ、太陰太陽暦では、冬至を含む月を一一月とする。一九年に一度、冬至の日が太陰太陽暦の一一月一日となることがある。これを朔旦《さくたん》冬至と呼ぶ。

冬至には日出と日入りが最も南寄りになるが、日本では日出が最も遅い日は冬至の半月後の頃、日入りが最も早い日は冬至の半月前の頃である。

植物には、日照時間が一定時間より短くなる（実際には一定の長さの暗闇の時間が必要）と花芽《かが》を形成するという性質の短日《たんじつ》植物、その逆の長日《ちょうじつ》植物、昼夜の長さと無関係の中性《ちゅうせい》植物がある。短日植物の菊、秋桜、稲、朝顔などが秋の季語になっている。このような暗い時間と明るい時間の長さの変化に応じた生物の性質を光周性《こうしゅうせい》と呼び、この性質によって、これらの秋の季語が成立しているとも言える。冬至から夏至《げし》までの期間は、昼の時間がだんだん長くなる。つまり夜の時間が短くなる。その頃に花をつける植物が長日植物で、カーネーション、宿根《しゅっこん》スイートピー、ペチュニア、アヤメ、ダイコン、アブフナなどが該当する。

多くの生物で光周性が認められる。動物では渡り、回遊、生殖腺の発達、休眠、毛変わりなど、植物では花芽の形成、塊根《かいこん》・塊茎《かいけい》の形成、落葉、休眠などが光周性によって支配されている。中でも植物の花芽の形成と光周性の関係は最も研究が進んでいる。動物の夜行性、昼行性、オジギソウの葉の開閉など、一日を単位とする周期的反応は日周性と呼ばれ、これは生物の体内時計によるものである。

俳句の下五に「日短」の季語を置くと、「ひぃみじか」と伸ばして五音に読む。目（芽）や歯（葉）や身（実）も京都では二音に伸ばして読む。耳や鼻とともに基本の二音になり、頭や体などの三音、それらを足した五音、さらに二を足して七音というように、日本語のリズムは二、三、五、七の素数が基本である。

短日の灯をともす間の筆を措く　　後藤夜半

三寒四温《さんかんしおん》

〈三寒《さんかん》・四温《しおん》・四温日和《しおんびより》〉晩冬　時候

大陸性気候の厳寒の頃の特徴として、中国の東北地区や朝鮮半島の北部の気候を表す言葉である。三日間厳しく寒い日が続いたあと、四日間寒さが少しゆるくなるという現象を表現した言葉であり、季語としては、寒さの厳しい時期の季語だと覚えておく方がいい。三寒の日は晴れ、四温の日は天気が悪いのが一般的と言える。シベリア高気圧の強さが七日周期で変動することによるが、日本列島までくるとシベリア高気圧の変化だけでなく、太平洋高気圧の影響もあり、七日周期ははっきりしなくなる。

たまに説明で言われているような、春先に三日寒く四日温かい、というような変化は、日本列島の気象データからはほとんど見られない。気象庁の気象用語にも、三寒四温という言葉は採用されていない。

日本列島では、真冬の三寒四温は明瞭でないが、春先になって四日周期の気温変動が見られる。移動性高気圧が通過して気温が上昇するのが一日目、低気圧がきて雨となるのが二日目、三日目は晴れて西風が吹いて寒くなり、四日目には移動性高気圧が近づいて気温が上がる。この春先の寒暖の変化を三寒四温という文例も、時代とともに増えてはいるが、例えば『広辞苑』などでは、その例をまだ採用していない。やはり三寒四温は歳時記でも晩冬の季語とされている。

ちなみに、三寒四温という言葉は、中国の辞書には載っていない。本来は日本の言葉ではなく、中国東北部や朝鮮半島北部の地方の言葉で、それが日本に伝わってきて残ったのだと考えられる。その言葉の残っている日本には、該当する気象現象がほとんど見られず、実際該当する現象のある中国語に訳すと、現在では「三寒四暖」となってしまうというややこしい季語となった。

見えてゐる海底の巖四温かな　　田中裕明

節分《せつぶん》

晩冬 時候

◆追儺《ついな》〈鬼《おに》やらい・なやらい〉晩冬 生活
豆撒《まめまき》〈豆打《まめうち》・鬼打豆《おにうちまめ》・鬼《おに》は外《そと》・福《ふく》は内《うち》・年男《としおとこ》・年《とし》の豆《まめ》〉晩冬 生活

立春の前日で、グレゴリオ暦（太陽暦）では二月三日ごろになる。もともとは雑節《ざっせつ》の一つとして、季節を分けるという意味で、各季節の始まりの前日にそれぞれあったが、江戸時代以後では、冬と春の境目をいう。

旧暦（太陰太陽暦）では、立春に最も近い新月を元日とし、月の満ち欠けを基準とした元日と、太陽黄経が三一五度となる立春を、ともに新年としていた。したがって旧暦の大晦日と、立春前日の節分とは、両方とも年越しということになる。

節分の夜、寺社で邪鬼を追い払い、春を迎える追儺が行われる。一般の家庭でも豆を撒き、鰯《いわし》の頭と柊《ひいらぎ》の枝を戸口に挿して悪鬼を払う。「柊挿す」という季語もある。これは季節の終わりに邪鬼が入り込みやすいという考えからくる。節分の習慣は日本以外にはないと聞いている。節分に豆を撒くという記録は室町時代から知られている。穀物に生命力と魔除けの力があるという信仰があるのと、豆を鬼に投げて魔滅《まめつ》するという語呂合わせがもとと言われる。また、撒いた豆から芽が出ることを防ぐために豆は炒ったものを撒く。

普段と異なる服装をすると魔を追い払うことができると信じることから、「節分お化け」の習慣が生まれ、京都の花街では節分の行事として定着している。京都市では北東の吉田神社、南西の壬生寺《みぶでら》、南東の八坂神社、北西の北野天満宮へお参りする「四方参り《よもまいり》」という風習もある。

吉田神社の追儺式は節分前日の夕方で、古式に則る神事が見られる。黄金の四つ目と角を持つ方相氏《ほうそうし》が、手に矛と盾を持ち、たいまつを掲げる童子を伴に登場する。古代中国の鬼神である方相氏が、暴れる赤鬼、青鬼、黄鬼を追い詰めて弱らせ、殿上人《てんじょうびと》たちが最後に桃の弓で葦《あし》の矢を放って鬼たちを退散させる。八坂神社では舞殿《ぶでん》で各花街から舞妓と芸妓が舞踏を奉納した後に豆を撒く。その前後には獅子舞の奉納もある。

節分や海の町には海の鬼

矢島渚男

年内立春《ねんないりっしゅん》

晩冬　時候

立春は二十四節気《せっき》の第一で正月節（旧暦一二月後半から一月前半）である。定気法《ていきほう》では太陽黄経《こうけい》が三一五度のときで、太陽暦の二月四日ごろになる。暦ではそれが起こる日を指し、天文学ではその瞬間、恒気法《こうきほう》では冬至から八分の一年（約四五・六六日）後で二月五日ごろとなる。期間としての意味もあり、この日から次の節気の「雨水《うすい》」前日までを指す（14頁）。

旧暦の元日は大雑把にいうと雨水を含む月を正月として決めるから、元日が立春より前になったり後になったりする。後者の場合を「年内立春」という。立春の日を見ると、二〇一八年は旧暦一二月一九日、二〇一九年は旧暦一二月三〇日で、ともに年内立春、二〇二〇年は旧暦一月一一日だから、こちらは「新年立春」という。

年内立春は珍しいことではなくほぼ半分の年は該当する。にもかかわらず珍しい現象のように誤解されているのは、蕪村の句に「年の内の春ゆゆしきよ古暦」があったり、芭蕉も一茶も詠んでいたりするためであろうか。

『古今和歌集』巻頭、在原元方《ありわらのもとかた》の「年の内に春は来にけりひととせを去年《こぞ》とやいはん今年とやいはん」も知られている。正岡子規《まさおかしき》は、『歌よみに与ふる書』で、「先づ『古今集』といふ書を取りて第一枚を開くと直ちに『去年とやいはん今年とやいはん』といふ歌が出て来る、実に呆《あき》れ返つた無趣味の歌に有之候。（中略）しやれにもならぬつまらぬ歌に候。」と述べたことでも知られる。

旧暦の元旦が立春に重なると「朔旦立春」と呼ばれ、縁起がいいとされている。前回は一九九二年だった。朔旦立春は約三〇年に一度くらいだからであろうか、季語にはなっていない。次の機会は、南海トラフの巨大地震が発生すると言われている二〇三八年である。

歳時記の季節感は太陽の位置で決まる二十四節気をもとにしており、太陽暦によく合っている。季語の春は立春から始まる期間とされており、年内立春も間違いなく「春」である。しかし、歳時記では冬の季語に組み込まれており、これは以前から私にとっては大きな疑問の一つであるが、まだ納得できる説明はない。

年の内に春立つといふ古歌のまま

富安風生

霰《あられ》

〈玉霰《たまあられ》・夕霰《ゆうあられ》・初霰《はつあられ》〉三冬 天文

◆雹《ひょう》〈氷雨《ひさめ》〉三夏 天文　霙《みぞれ》〈霙《みぞ》る〉三冬 天文

五月になると雹《ひょう》が降りやすくなる。雹は直径五ミリメートル以上の、氷の粒が大きくなった塊である。積乱雲《せきらんうん》の中で、上昇したり下降したりを繰り返して成長し、ある程度大きくなると重さで落下し、農作物やビニールハウスに被害が及ぶ。冬は気温が低く、氷の粒が直径五ミリ未満で霰になる。

霰と雹の違いは大きさだけである。霰は落着した時、跳ねる。雹は夏の季語、霰は冬の季語である。

霰は、雪霰《ゆきあられ》と氷霰《こおりあられ》とに区別される。雪霰は、雪の周りに水滴がついたもので白色不透明である。気温が摂氏〇度付近の時に発生しやすい。氷霰は、白色半透明および不透明の氷の粒である。発生原理は雹と同じで、積乱雲内で発生する。ともに地面に落下すると、ぱたぱたと音を立てて跳ねる。気象庁の定義によると、降雪や積雪には、霰によるものも含まれる。したがって、実際には雪が降っていなくても、観測上は降雪や積雪が記録される場合がある。

なお、天気予報の予報文では、雪霰は雪、氷霰は雨として扱う。ただし、実際に雪霰や氷霰が降っても、観測上は霰で、雪や雨が降ったとは言わない。日本では、天気を自動判別する機械が導入され、目視観測を二〇一九年二月から順次終了した。それにともなって、「霰」の記録を終了した。機械による天気の自動判別では、落下する物体の大きさを判別することが困難だからである。

結局、雪は、大気中の水蒸気からできる氷の結晶のこと、あるいはそれが降る天気。霰は、雲から降る直径五ミリ未満の氷粒、あるいはその氷粒が降る天気。雹は、雲から降る直径五ミリ以上の氷塊、あるいはその氷塊が降る天気。霙《みぞれ》は、雨まじりに降る雪、あるいは解けかかって降る雪、という区別がわかりやすいかもしれない。

とけるまで霰のかたちしてをりぬ　辻　桃子

鎌鼬《かまいたち》

三冬　天文

季語としての鎌鼬は、外気で皮膚が鋭い刃物で切ったように傷つく現象を指す。江戸時代以前は、イタチ、もしくはイタチに似た謎の怪異、あるいは風神の仕業とされていた。傍題に「鎌風」を掲載する歳時記もある。「鎌鼬」は、現象のみならず、原因たる正体不明の存在も指す包括的な語であり、それに対して「鎌風」は、現象に注目した語である。

簡単な説明では、鎌鼬は、日本に伝えられる妖怪、もしくはそれが起こす怪異である。つむじ風に乗って現れて人を切りつける。これに出遭った人は刃物で切られたような鋭い傷を受ける。傷はあるが痛みはなく、血も出ない。

科学的な説明は、あまり明快ではない。皮膚はかなり丈夫な組織で、人体を損傷するほどの気圧差が、つむじ風によって生じる可能性は考えられず、鎌鼬が発生する状況で、人の皮膚以外の物、例えば衣服や周囲の物が切られている事象の報告がない。現在では、機械的な要因によらず、皮膚表面が気化熱《きかねつ》によって急激に冷やされるため、組織が変性して裂けるというような生理学的現象、つまり皹《ひび》であると考えられている。鎌鼬の伝承が雪国に多いことから、この説が裏づけられる。切れるという現象に限定すると、風が巻き上げた鋭利な小石や木の葉によるという考えもある。

鎌鼬は寒い地域だけのものではない。四国でも、愛知県東部では飯綱《いづな》とも呼ばれ、かつて飯綱使いが弟子に飯綱の封じ方を教えなかったため、逃げた飯綱が生き血を吸うためにつむじ風に乗って人を襲うのだという。

高知県などでは、鎌鼬のような現象は「野鎌に切られた」と言う。野鎌は葬式の際に墓場で使われたまま放置された草切り鎌がなる妖怪だとされる。徳島県祖谷《いや》地方では、葬式の穴掘りなどに使った鎌や鍬《くわ》は墓場に七日間置いてから持ち帰らないと野鎌に化ける。野鎌に遭遇した際には「仏の左の下のおみあしの下の……」というような呪文がある。

かまいたち楔を入れて木を挽けば

茨木和生

鰤起し《ぶりおこし》

三冬　天文

金沢の人から毎年一一月の下旬頃に「鰤起しが鳴りました」という便りがある。石川県では年間の雷発生日数が四二日と全国一位である。日本海を回遊する寒鰤を、初冬の雷と時期を合わせて収穫し始める。漁師が網を起こすという意味と、寝ている鰤を起こすという意味をかけて「鰤起し」と言われている。金沢の冬の到来であり、寒鰤の脂が乗って、蟹や甘海老の甘みが増す。雷が鳴ると霰も降る。鰤起しから金沢の冬仕度も始まる。金沢の郷土料理、鴨の治部煮《じぶに》も、冬鴨の旨みをたっぷり仕込む。

寒鰤の蕪《かぶら》寿司は金沢の伝統料理で、冬には欠かせない逸品である。蕪に切り込みを入れて鰤や人参などを挟んで発酵させる。独特のこくと乳酸発酵による香りが、酒の肴となる。

鰤起しが早めに鳴ることもある。二〇一七年のウェザーニュースでは一一月一五日に、「今日は強い寒気の南下に伴い、日本海側のエリアは大気の状態が不安定になっています。特に北陸地方で雨雲が発達。石川県内からは霰や雷の報告が多数届きました」という記事を載せ、「この後も落雷や霰に要注意」と続け、さらに「寒気の影響は明日一六日にかけて続く見込みです。少し早めの冬到来による雷や霰には十分、ご注意ください」という記事であった。

激しい雷をともなう活発な積乱雲から霰が降り、強い霰は短時間で路面に積もり、滑りやすくなる。車の運転中に強い霰に会ったら、速度を落とし、場合によっては一旦停車して安全を確認することが必要である。太平洋側の人の経験にはないので、知識として記憶しておくことが大切である。この時の関東方面の記事には、「東京から富士山がくっきり、山頂付近の雪は減少」「福島と高知で『だるま朝日』出現、放射冷却で冷え込み強まる」「大阪で摂氏一〇・二度を観測、関東以西で今季最低気温」とあった。

この時期、京都盆地では冬の昼の虹が、鴨川を渡るように低くかかる。盆地の南が晴れているときの北山時雨《きたやましぐれ》による虹である。時雨は、日本海から風が吹き寄せて日本列島に雨をもたらせる日本列島特有の気象現象で、日本海側では、時雨が雷をともなう嵐になることもあり、それが鰤起しである。

鰤起し白山へ雨ともなひ来　新田祐久

ダイヤモンドダスト

晩冬 天文

ダイヤモンドダストは、「雪」の傍題にある「細氷《さいひょう》」のことを言う。大気中の水蒸気が昇華してできた、ごく小さな氷の結晶が降ることである。よく晴れた朝など、気温が摂氏氷点下一〇度以下の状態のときに発生する。視程は一キロ以上である。日光で輝いて見えることからこの呼び名がある。人工的に作ることができる。北海道上川町の「アイスパビリオン」で見られる。

氷晶《ひょうしょう》で光が反射、屈折することによって、ダイヤモンドダストが発生している大気中に暈《かさ》、幻日《げんじつ》、太陽柱《たいようちゅう》などの大気光学現象が太陽や月の周囲に現れることでも知られる。

厳冬期の北海道の内陸部、旭川市などでの観察例がある。北海道美瑛町《びえいちょう》では、山間部や川沿いでダイヤモンドダストが多く発生するという。舞い上がった細かなダイヤモンドダストが朝日に照らされる様子は、自然が生み出すアート作品であると紹介されている。幌《ほろ》加内町《かないちょう》では、過去に氷点下摂氏四一・二度を記録したというほど気温が下がる。幌加内町で見られるダイヤモンドダストは「天使の囁き《ささや》」とも言われ、毎年二月一七日には「天使の囁きを聴く集い」が開催される。

撮影に成功するにはかなり努力が必要のようである。条件は、とにかく低い気温、無風、澄みきった空気、快晴、明け方、湿度、視程が一キロ以上である。放射冷却で地上の気温が急激に下がること、天気予報で晴れの日の朝を見つけることである。さらに、ダイヤモンドダストは肉眼で確認できるが、非常に小さく細かいため、撮影しようとすると至難の業である。モバイル端末で撮影しても見えない。肉眼で見やすく、撮影もしやすい方法は、太陽の光が少し横から差し込んでいるか、太陽に逆行に近い方向を見ること、背景に木や、何か黒っぽいものがあることを基本とするといい。

氷霧《ひょうむ》は、小さな氷晶が大気中を浮遊する現象で、氷晶が降る細氷とは厳密には異なる。氷晶の大きさも、氷霧より細氷の方が大きいのが特徴である。天気の種類としては、氷霧は霧に含まれるが、細氷は降水現象なので雪に含まれる。よって、空が晴れている場合でも、ダイヤモンドダストが観測されると雪として記録される。

ダイヤモンドダスト太古の空の青

鈴木貞雄

狐火《きつねび》

〈狐《きつね》の提灯《ちょうちん》〉三冬 地理

山野や墓地などで暗夜に見られる正体のはっきりしない青白い火と歳時記にある。蕪村が詠んでいるように、人骨のリン（燐）が光るという説がある。狐火は、沖縄県以外の日本全域に伝わる怪火《かいか》の伝説である。ヒトボス、火点《ひとも》し、燐火《りんか》などとも呼ばれる。

狐火の特徴は、火の気のない場所で提灯や松明《たいまつ》のような怪火が、一列になって現れる。灯ったり消えたり、消えた火が別の場所に現れたりする。正体を見ようと駆けつけても途中で消える。一〇個から数百個も列をなすことがあり、増えたと思うと突然消える。行列の長さは一里にもなる。火の色は、赤、オレンジが多く、青みを帯びた火もある。

富山県砺波《となみ》市では、道のない山腹など、人の気配のない場所に現れると言われ、石川県輪島市では、逆に人をどこまでも追いかけてきたという伝承がある。長野県飯田市では、足で狐火を蹴り上げると退散させることができると言われる。島根県では、人が狐火に当たって高熱に冒されたとの伝承がある。狐火を行逢神《いきあいがみ》（不用意に遭うと祟りをおよぼす神霊）

とする説もある。長野では、城を建てる場所を探していた主従を、白い狐が狐火を灯して案内し、城にふさわしい場所を教えたという伝説もある。

歌川広重『名所江戸百景』の「王子装束ゑの木 大晦日の狐火」では、各狐ともに顔面の近くに狐火を浮かべている。東京都北区王子《おうじ》の王子稲荷は、稲荷神の頭領として知られ、狐火の名所とされている。王子周辺が一面の田園地帯であった頃、路傍に一本の大きな榎《えのき》があり、毎年大晦日の夜になると関八州の狐がこの木の下に集まり、正装して官位を求めて王子稲荷へ参殿した。狐火の行列は壮観で、農民はそれを数えて翌年の豊凶を占った。狐火の正体に関する文献は多数あるが、研究論文は少ない。一九七七（昭和五二）年、日本民俗学会会員の角田義治の詳細な研究では、山間部から平野部にかけての扇状地などに現れやすい、光の異常屈折によって狐火がほぼ説明できるとされた。ほかにも天然の石油の発火、球形の雷が発生する球電現象などを正体とする説もある。

正体不明の現象であり、研究者にぜひ興味を持ってほしい現象である。

狐火や髑髏に雨のたまる夜に　蕪村

氷柱《つらら》

〈垂氷《たるひ》〉晩冬 地理

しずくが凍って軒先や枝、崖などから氷が垂れ下がる。寒さの厳しい地域では軒先から地面にまで達することもあるが、厳しい寒さを忘れさせる景色をなす。氷柱が名物になる土地もあり、秩父路三大氷柱と呼ばれているのは、三十槌《みそつち》の氷柱、尾ノ内渓谷の氷柱、あしがくぼの氷柱である。ここでは「氷柱」を「ひょうちゅう」と読む。冬の二か月間しか見られない氷の芸術で、ライトアップされ、幻想的な空間がデートコースにもなっている。東京都心から七〇分でいける場所である。秩父地方が冷え込む一二月頃から徐々に成長して、一月下旬から二月上旬が見頃である。

最低気温が摂氏マイナス一〇度から二〇度になる真冬、木曽御嶽《おんたけ》山麓の西野川右岸の崖の上や壁面から流れ出す地下水が凍る。幅約二五〇メートル、高さ五〇メートルの大氷柱ができる。青白い氷が氷河のような自然の造形美を見せる。日没後はライトアップされる。近年の温暖化で、凍る期間や規模が減る傾向にあり、カーテンにならず氷柱の裏側の土が見える時もある。
氷柱と似ているが「氷筍《ひょうじゅん》」は、歳時記には載っていない。摂氏マイナス三度程度の洞窟に発生する現象で、滴り落ちたしずくが瞬時に床の上に凍りついたものである。筍《たけのこ》のような形からこの名で呼ばれる。数千本単位で発生することがあり、鍾乳洞《しょうにゅうどう》の石筍《せきじゅん》と似ている。氷筍は少しずつ滴り落ちた水が凍るので、水と同じく透明で美しいほぼ完全な単結晶となっている。滑りがよく、スケートリンクに輪切りにした氷筍を敷き詰めて使う。長野五輪のスピードスケートでも使われた。水分子が六角形の網目を作って整然と並んでいる。長岡技術科学大学の雪氷工学教授の上村靖司《うえむらせいじ》は、零度より高い環境で氷の単結晶を作る方法の特許を得ている。（カラー１４２頁）
氷はさまざまな表情を見せてくれる。氷の結晶は氷晶というが、大気中で氷晶が成長して、霰や雹など、さまざまな季語となっている。

月光をこぼして氷柱折られけり　　今瀬剛一

氷湖《ひょうこ》

〈湖《みずうみ》凍《こお》る・凍結湖《とうけつこ》・凍湖《とうこ》・結氷湖《けっぴょうこ》・氷盤《ひょうばん》・冬《ふゆ》の湖《みずうみ》・冬《ふゆ》の沼《ぬま》〉晩冬 地理

凍りついた湖を詠む。氷が厚くなれば、人の体重で割れることもなく、スケート遊びや、氷に穴を穿《うが》って公魚《わかさぎ》釣りなどが楽しめるところもある。

北海道内の湖沼がすべて結氷《けっぴょう》するというわけではない。最北の不凍湖《ふとうこ》が北海道内にある。日本最北の不凍湖、つまり水面が結氷しない湖の最北は支笏湖《しこつこ》である。支笏湖に限っては、水深が深いため、奥底の水が温かく、水面が凍りにくいので不凍湖になる。しかし、一九七八（昭和五三）年、二〇〇一年には、強い寒気の影響で珍しく全面結氷した。洞爺湖《とうやこ》も不凍湖であるが、二〇〇一年には支笏湖と同じく部分結氷した。

一方、白老町《しらおいちょう》の倶多楽湖《くったらこ》は結氷する湖として知られる。湖面の氷が音をあげて隆起する「御神渡《おみわたり》」が見られたこともある湖だが、二〇二二年にも不凍湖になるという予測の研究成果もある。サロマ湖でも異変が起きている。例年は全面結氷するが、二〇〇四年、二〇〇七年は全面結氷せず、二〇〇九年には結氷が二分の一にとどまった。

結氷とは、水面の気温が摂氏〇度以下になった時に水が凍結するもので、マイナス一〇度近くになると間違いなく凍結する。降雪があると凍りやすくなる。湖では湖氷《こひょう》といい、湖が全面的に凍結すると全面結氷、全面凍結という。全面凍結する湖の代表例は屈斜路湖《くっしゃろこ》である。全面結氷の湖では国内最大級といわれる。近くの摩周湖《ましゅうこ》は、水深が深いため全面結氷せず部分結氷である。阿寒湖《あかんこ》は全面結氷する。

おもな道内の湖を分類すると不凍湖は数少ない。道南でも結氷するところがあり、水深や気温など、当地の地理、気候条件によって大きく変わることがわかる。結氷する湖は、クッチャロ湖、サロマ湖、網走湖《あばしりこ》、能取湖《のとろこ》、濤沸湖《とうふつこ》、阿寒湖、摩周湖、屈斜路湖、風蓮《ふうれん》湖《こ》、厚岸湖《あっけしこ》、塘路湖《とうろこ》、チミケップ湖、ウトナイ湖、オンネトー、然別湖《しかりべつこ》、糠平湖《ぬかびらこ》、かなやま湖、渡島《おしま》大沼・小沼、倶多楽湖であり、不凍湖が、支笏湖、洞爺湖である。

全面結氷する湖沼では、冬季に公魚釣りが解禁になるところもある。氷の厚さが二〇センチを超えると安全基準を満たしている。網走湖、かなやま湖、桂沢湖《かつらざわこ》、朱鞠内湖《しゅまりないこ》などで行うことができる。

脚ひらく氷湖に刃入るるとき　　櫂未知子

鮟鱇鍋《あんこうなべ》

三冬　生活

鮟鱇は江戸時代から珍味として重宝されてきた。五大珍味「三鳥二魚」（鶴、雲雀《ひばり》、鷭《ばん》、鯛、鮟鱇）と言われた。鮟鱇の語源には諸説ある。海底の砂に潜って安らかに餌を待つ姿から「安康」と呼ばれ、それに魚を付けた。口の上にある棘の先端にひらひらとした皮弁を持ち、それを疑似餌《ぎじえ》として小魚をおびき寄せる習性がある。

「鮟」は、古く中国でナマズを意味する「鰋」の異体字の誤字と見られ、一方「鱇」は国字とされる。漢語では、華臍魚、琵琶魚、老婆魚などがあるが、現代中国語では日本語を輸入して「鮟鱇」あるいは「鮟鱇魚」と呼んでいる。

アンコウはぬめりが強く、身が柔らかいため、まな板の上ではさばけず、頑丈な手鉤を口にかけてアンコウを吊るし、回転させながら皮や身を削ぎ落とす。アンコウの「吊るし切り」と呼ばれる。雪の上でさばく「雪中切り」という方法も、青森県風間浦村に伝えられている。この方法でさばくと保冷効果があり、鮮度が保たれる。

アンコウは北海道より南の海域に棲息している。水揚げ量日本一は下関港で、福島、茨城、千葉の地域で水揚げされる。毎年一一月には、茨城県の大洗あんこう祭で、吊るし切りの実演やアンコウの販売が行われる。

アンコウには捨てる部位がない。肝、皮、水袋、卵巣、エラ、ヒレ、柳肉《りゅうにく》を、鮟鱇の七つ道具と呼び、それぞれ独特の旨みを持っている。皮は艶のある黒、身は弾力があり、ピンクがかった透明感がある。肝はぷりぷりしたものが鮮度の良さの目印である。アンコウの肝は、鮟肝《あんきも》と呼ばれ、旨みのかたまりで、「海のフォアグラ」と呼ばれる。鮟肝は脂肪分が約四〇パーセントもある。餌の少ない深海に住むため、栄養分を肝臓に蓄えて少しずつ使うからである。フォアグラに比して比較的あっさりしているが、脂肪やプリン体も多く含まれているので、体脂肪や尿酸値を気にしている人は制限が必要である。一方、肉は他の魚に比べてカロリーや脂質が低く、皮にはコラーゲンが多く含まれる。身に塩を振って五分ほど置き、湯通しした後に水洗いすると生臭さが消える。

鮟鱇もわが身の業も煮ゆるかな

久保田万太郎

おでん

〈関東煮《かんとうだき》〉三冬　生活

菜飯《なめし》に田楽《でんがく》を添えて提供する「菜飯田楽」が、寛永年間（一六二四〜四四）に流行し、やがてこんにゃくの味噌田楽が登場し、これがおでんの略称で呼ばれるようになったとされている。菜飯田楽の流行から煮込みのこんにゃくがつくられ「煮込みおでん」と言われたものに、野菜、ハンペン、篠田巻などを加え、広くおでんと呼ばれるようになった。

江戸時代初期、江戸で出回る醤油の多くが上方からのものであったが、一八〇〇年代には江戸市場周辺から供給される醤油の比率が高まり、幕末には上方醤油は数パーセントになった。元禄期（一六八八〜一七〇四）に銚子《ちょうし》ではじまった醤油醸造は、江戸経済圏の発展とともに香りと味の良い醤油を盛んに供給して、削り節に醤油、砂糖、みりんを入れた甘い汁で煮込んだ「おでん」が作られた。外食が盛んであった江戸で、「おでん燗酒《かんざけ》、甘いと辛い、あんばいよしよし」の掛け声で売る「おでん燗酒」の屋台が流行した。

明治時代には「おでん茶飯」の屋台が東京で人気であった。関東大震災で大きな被害を受け、震災の復興過程において関西と関東の職人の往来があり、関西風の「関東煮」が関東に逆輸入された。これによって現在の東京のおでん店に薄味を伝統とする例が生まれた。

おでんの具は地域によるが、里芋、こんにゃく、大根、ハンペン、竹輪などは定番と言える。時間のかかる具材から準備する。大根は下茹でするると味がしみ込みやすくなる。皮ごと三センチの厚さの輪切りにし、皮も捨てずに厚めに剝いて酢漬けにしておでんに添える。片面に深さ一センチの十字の切り込みを入れる。大根を大きな鍋に移して米のとぎ汁を加えて火にかけ、沸いたら火を弱めて竹串がすっと通るまで茹でる。水を差して冷めたらそっと手で取り出す。芋類も同じだが、煮崩れしやすいので固めに茹でる。こんにゃくは塩をまぶして五分おいて茹でる。揚げ物は熱湯で油抜きをする。

おでんの具の好き嫌いでは議論が尽きない。ゆで卵を入れるのを邪道という人がいるが、私はかならず入れる。じゃがいもとロールキャベツと春菊と葱と蛸も入れる。

出汁《だし》が重要であるが、私の場合は高知市の門田鰹節店の「おだしさん」を使う。これは一番出汁をスープとし、二番出汁をおでんに使い、最後は煎ってふりかけにする。

百代の過客の一人おでん酒

長谷川櫂

炭焼《すみやき》

〈炭焼《すみやき》小屋《ごや》・炭焼竈《すみやきがま》・炭竈《すみがま》〉三冬 生活

炭は、有機物を不完全燃焼させることによって作る。空気が少ない環境で加熱すると、摂氏三〇〇度くらいから急激に組織分解が始まり、二酸化炭素などの揮発分がガスとなって放出される。

木炭は、木材を蒸し焼きにし炭化させて作る炭である。材料の木材から揮発《きはつ》成分を抜いたもので、木材を燃やした場合と異なり、炎が出ないか、もしくは少ない。炭化させる素材はもちろん、炭化温度や焼成時間などの方法によって、生成される木炭の性状はさまざまである。

日本ではナラ、ブナ、カシ、クヌギなどの木材を炭化したものが主に使われてきた。近年ではタケを炭化した竹炭も注目されている。輸入炭にはマングローブ炭もある。

木炭の製造時には木酢液《もくさくえき》、木《もく》タールが発生する。木酢液を蒸留、精製するとメタノールや酢酸、さらに、テレピン油や木クレオソートなど、副生成物を得ることができる。木炭が酸素の少ない灰の中でも燃えるのは、炭酸カリウムが含まれているからである。この炭酸カリウムは植物中のカリウムに由来するものである。水溶性なので木炭を長く流水に浸すと炭酸カリウムが溶け出してしまい、着火性が極端に悪くなる。

考古学研究の成果によって、日本列島においては新石器時代の頃から木炭が用いられていたと推定されている。平安時代には山林部を中心に炭焼が広く行われて商品化された他、荘園などの年貢としても徴収された。

備長炭《びんちょうたん》は、白炭の一種である。紀伊国田辺の商人備中屋長左衛門が、ウバメガシを材料に作って販売を始めた。製造時に高温で焼成されていることから、炭素以外の木質由来の油やガスなどといった可燃成分の含有量が少なく、かつ長時間燃焼する。また炎や燻煙も出にくく調理に向いている。

燃料以外に、備長炭はさまざまな用途に利用される。無数の小さな空洞（細孔）に物質を吸着する。備長炭一グラム当たりで、テニスコート一面強の表面積を持つと言われ、その吸着力が利用される。

炭窯の口塗り込めし指の痕　　右城暮石

酸茎《すぐき》

〈酸茎売《すぐきうり》〉三冬 生活

『角川合本俳句歳時記 第四版』（二〇〇八年）には主題の表記は「酢茎」になっており、説明は「蕪の一種の酢茎菜《すぐきな》を塩漬けにしたもの。京都の特産」とある。また、例句の中では、井上弘美さんの句だけが「酸茎」という字を使っている。

京都の人は「酸茎」あるいは「すぐき」という字を使い、「酸茎菜」という名前が京野菜である。京都の漬物を紹介するときには、「すぐき」は、「蕪の変種の酸茎菜を塩だけで漬け込んだ、日本では珍しい乳酸発酵の漬物で、冬の季節限定のもの」というように書く。漬物の袋には「すぐき」とあり、酸茎菜を漬けたとある。

ウィキペディアでは、「すぐき（酸茎）、または酸茎漬」とあり、「京都市の伝統的な漬物（京漬物）の一種。カブの変種である酸茎菜、別名酸茎蕪《すぐきかぶら》の葉とかぶらを原材料とする。現代の日本では数の少ない本格的な乳酸発酵漬物で、澄んだ酸味が特徴」とある。「京野菜」の項にも漬菜の一つに「酸茎菜」が入っている。

ところが、季語の説明を検索すると、「酢茎」の「志ば久」による説明が「上賀茂名産すぐき漬（酸茎菜）」となっている。その後の例句には「酢茎」の文字が使われている。「酢茎」という字を使ったのは俳人たちではなかろうかと疑う。

十二月上旬に上賀茂神社で行われるのは、ＪＡ京都市上賀茂支店の「京の上賀茂すぐき倶楽部」の農家約二〇人が参加して、約三〇キロのすぐきを詰めた樽を担いで、無事に収穫が済んだことへ感謝し、来年の豊作を祈願する「すぐき奉納奉告祭」である。初漬の「すぐき」を神前にお供えして感謝を捧げる。一の鳥居から、神職、巫女、先太鼓、すぐき神輿が二基、二の鳥居をくぐって境内に入り、最後は「すぐき」を参道の人たちに配る。

以上のようなことから結論として、珍しい乳酸発酵の酸味が一番の特長であるから、「酸茎」という字を当てるべきだという説を、私は採ることにした。ただし、商品に使われている「すぐき」という表記も大切にした方がいいと思っている。（カラー１４４頁）

残り火を暗きに捨つる酸茎売　井上弘美

寒晒《かんざらし》

〈寒曝《かんざらし》〉晩冬　生活

石臼で粉砕した糯米《もちごめ》などの粉を清水に漬け、濁りが取れるまで何度も水を替える。これを数日続けたのち、布の袋に入れて絞って水分を取り去り、木箱や筵《むしろ》に広げて天日で乾かす。この糯米の粉が白玉粉である。水に漬けるのは不純物を除去するためで、寒い時季にやるのは、雑菌の繁殖を防ぐためである。現在は機械化され、菓子の材料として広く用いられている。

長崎県島原市では、市内のいたるところに湧水ポイントがあり、生活のすぐそばに豊富な水がある。その島原で、家庭で作られる甘味が「かんざらし」である。島原城が築城された江戸時代のはじめ、城の西側一帯に造られた武家屋敷と水路がある。「水の都」と呼ばれる島原市内には約五〇か所の湧水があり、全体の湧水量は一日に二二万トンと言われている。約二二〇年前の普賢岳《ふげんだけ》の噴火がきっかけである。一七九二（寛政四）年、普賢岳の火山活動に伴う地震で、島原市の西にそびえる眉山《まゆやま》が大崩壊した。このとき島原一帯に地割れが生じて地下水が噴出した。

蕎麦粉《そばこ》の製造工程にも寒晒の手法を用いる。新蕎麦を実のままで俵に詰め、清流に寒のうちの三〇日間漬ける。晴天の続く日に干す。食べる時、外皮を取り去り、挽き出すと色が白く舌ざわりもよい。『本朝食鑑《ほんちょうしょっかん》』に、旧暦一二月に熟した蕎麦を粒のまま水に三〇日間浸した後、立春の日に取り出し、日光でよく乾かして俵に入れ、冷暗所に保管すると、数年を経ても腐ることがないとある。長野県伊那《いな》市高遠《たかとお》町は寒冷な土地で、徳川将軍家への献上品として寒晒の蕎麦を贈る慣例があった。山形県では古文書に基づいて「寒ざらしそば」を復活再現している。

天然の寒天は、冬に屋外で自然凍結、自然解凍、天日乾燥させることで作る。「寒晒で作るところてん」という意味で「寒天」と名付けられた（242頁）。

その他、染め物における染色の工程にも寒晒の手法を用いることがある。

水が責めぬきし白さよ寒晒　　右城暮石

寒天造《かんてんつく》る

〈寒天干《かんてんほ》す・寒天晒《かんてんさら》す〉晩冬　生活

寒天は、天草（テングサ）、海髪（ウゴ、オゴノリ）などの紅藻《こうそう》類の粘液質を凍結して乾燥したものである。乾燥寒天を冷水に浸し、沸騰させて糖鎖を溶かし、他の物質を加えて漉《こ》し、摂氏三八度以下に冷ますことによって固まる。寒天はゼラチンよりも低い、一パーセント以下の濃度でゲル化が起こる。一度固まった寒天ゲルは八五度以上にならないと溶けない。そのため温度変化に強く、口の中でとろけることがないという特徴も持つ。

日本国内の流通量では一九八七年以降、工業的に製造された輸入品の数量が従来製法を含む国産品を上回った。

天草は、紅藻類テングサ科の海藻で心太《ところてん》、寒天の原料になるものの総称であり、石花菜《せっかさい》とも呼ばれる。昔から交易の品物として取り扱われた。赤紫色で、水に晒して天日乾燥させることを数回繰り返すと退色して白になる。それを乾燥させたものを利用する。伊豆では肥料としても用いられていた。現代、寒天や心太の原料のほか、寒天質は菌類や細胞などを培養するために使われる培地（寒天培地）のもっとも基本的な素材として貴重である。ウゴは、紅藻の一種で、潮間帯付近の岩場に生育する。食用としては刺身のつまに用いられる。海から採取したオゴノリや近縁種を食べて食中毒を起こした例が国内外に多数あり、死者も出ている。オゴノリ自体によって作られるプロスタグランジンや、着生したプランクトンに由来する毒素などが原因と考えられるが、いまだ明確ではない。市販品は石灰処理されており、毒性は問題にならないと考えられている。

　寒天は関西で生産が始まった。その製造法は丹波国に伝わり、丹波へ行商にきていた信濃国諏訪郡穴山村（長野県茅野《ちの》市玉川）の行商人である小林《こばやし》粂左衛門《くめざえもん》が、一八四一（天保一二）年頃に諏訪地方へ寒天製造を広めて、角寒天として定着したと伝えられる。これが現在も茅野市を中心とした諏訪地域で製造される特産品として続いている。この地域は、夜間の気温が摂氏マイナス五度から一五度まで下がり、日中は五度から一〇度で、晴天の日が多く、湿度の少ない内陸的な気象条件である。また、八ケ岳《やつがたけ》山麓の豊富な地下水も、寒天づくりには欠かせない。

寒天を造りどこやら流人めく

後藤比奈夫

砕氷船《さいひょうせん》

晩冬　生活

砕氷船は、水面の氷を割りながら進む船のことである。北極海や南極海、凍結河川など、氷で覆われた水域を航行するために、構造の強化や砕氷設備などを特別に設計し、建造される。砕氷船の多くは軍用あるいは探査用である。

砕氷船の特徴は、頑丈な船体と氷に乗り上げて割るのに適した船首や幅広な中央船体、氷の圧力を下方へ逃がすための船底の特殊な形状、そして強力なエンジンである。大型船では、船内で発電した電力を使って推進用の電動機を駆動する電気推進システムを採用する船も多い。これは内燃機関や蒸気タービンの回転力をそのまま推進器に与えるよりも、電動機の方が低回転数時の発生トルク（回転力）が大きく、氷をゆっくりと割って低速で進む砕氷船に適しているためである。割った氷と船体表面の摩擦を軽減するため、船底に特殊な塗料を使ったり、海水を放水したりすることがある。

極地探査用の船では、特に砕氷能力が強化されており、船体を前後左右に傾け、氷に乗り上げて重量で割る。燃料タンクを前後左右に分散しその間の燃料の移動によって、船体を傾ける。

「しらせ」は、国立極地研究所の南極地域観測隊の輸送と研究任務のために建造された南極観測船である。建造費は文部科学省の予算から支出され、艦の運用は海上自衛隊により行われている。初代「しらせ」の後継艦として二〇〇九（平成二一）年に就役した。文部科学省では「南極観測船」と表記しているため、報道でも「南極観測船」や「砕氷船」と呼ばれることが多い。防衛省では「砕氷艦」と表記している。「しらせ」では、船尾の舵取付け部に、アイスホーン（Ice horn）と呼ばれる角状の装備が付いている。

「宗谷」は、一九五六年から六二年まで、初代南極観測船を務めた砕氷船で、世界初の砕氷ヘリコプター母船であった。

優秀な砕氷船を多数保有しているのは、やはりロシア連邦である。

砕氷船海に一路をのこしけり　松原千甫

鯨《くぢら》〈勇魚《いさな》〉三冬 動物

◆捕鯨《ほげい》〈勇魚取《いさなとり》・捕鯨船《ほげいせん》〉三冬 生活

鯨が冬の季語であり、捕鯨も冬の生活の季語である。縄文時代から日本では鯨を利用していた。江戸時代の初めからは組織的な捕鯨が、紀州、土佐、長門、肥前などで行われた。例えば土佐では江戸前期の一六五一（慶安四）年、土佐藩安芸《あき》郡の代官であった尾池義左衛門の報によって、尾張から尾池四郎右衛門（政次）が鯨船《くじらぶね》六隻を率いて土佐に入り、藩主の許可のもとに津呂《つろ》と幡多《はた》郡佐賀に漁場を設け、尾池組を組織して冬春交代で捕鯨を行ったと、郷土史家の平尾道雄が『土佐藩漁業経済史』に記している。私は小学生の頃、山内家の長屋に間借りする祖父母と、この平尾さんの隣に住んでいて、ときどき話を聞いた。祖父以外から学問の話を聞く最初の機会であった。鍼灸《しんきゅう》の説明用の人体模型が置いてあったり、古文書が山になっていたりして、時間のたつのを忘れていた。

近代では船団による南氷洋捕鯨が盛んに行われた。一九八六年に南極海での母船式商業捕鯨が停止されてから、大型鯨類に対する捕鯨は南極海と北西太平洋における調査捕鯨を利用して行うことになり、二〇一八年度まで行われた。なおＩＷＣ（国際捕鯨委員会）管轄外の小型鯨類（イルカを含む）に対しては、引き続き沿岸における商業捕鯨が行われた。捕鯨国と反捕鯨国の対立が先鋭化し、ＩＷＣ管轄の大型鯨類の商業捕鯨の再開の見込みはないと判断した日本政府は、二〇一八年一二月二六日、ＩＷＣ脱退を発表した。二〇一九年七月一日から日本の領海などに限定して大型鯨類の商業捕鯨を再開した。

日本人だけでなく、ヨーロッパでは、紀元前約二二〇〇年頃の石器時代の捕鯨の壁画があり歴史が古い。英国のヘンリー六世と七世は鯨が大好物で、鯨肉は王侯貴族の高級食材であった。英国の古い法律用語でも鯨類をロイヤルフィッシュと言った。英国には現在でも有効な法律があり、海岸で鯨の死骸が発見されると頭部は国王の、尾部は女王のものになる。

みちのくの卯波の沖に捕鯨船

佐川広治

クジラは哺乳類であり小型のものをイルカと呼ぶ。シロナガスクジラは体長二五メートル、現存の動物で最大である。ナガスクジラ、イワシクジラ、ザトウクジラなどがある。マッコウクジラは十数メートルの大きさで、腸の結石から竜涎香《りゅうぜんこう》という香料を採取していた。鯨類の利用は多岐にわたる。鯨油は特に工業技術の立役者であり、宇宙船は鯨の脳みそから採った最高品質の不凍油を使い、宇宙空間でロボットアームなどにも使ったという話が伝わっているが、最近では使っていないとNASAが説明しているようだ。

食用としての鯨肉が重要な用途である。日本では部位の呼び名が豊富で、それぞれにさまざまの調理法がある。鯨は魚とされていたから日本では魚肉と位置づけられて古くから食用とされてきた。赤身は低脂肪、高蛋白で鉄分が多い。絶食状態でも長距離を泳ぐことのできる鯨の肉には、きっと素晴らしい成分があるにちがいない。

エスキモーには鯨肉食文化があり、IWCで先住民生存捕鯨が認められている。皮下脂肪つきのマクタックを口の中で嚙み続ける。

鯨来る土佐の海なり凪ぎわたり　今井千鶴子

はひらませあがらませとて鯨汁　尾池和夫

くじら

太地の「いさなの宿白鯨」では、鯨のフルコースが楽しめる。前菜の鯨南蛮漬け、鯨胡麻和え、うでものポン酢和えから始まり、鯨の竜田揚げ、刺身、ハリハリ鍋、鯨尾の身、鹿の子、揚げ物、酢の物、鯨ベーコン、てっぱ、追肴、カルパッチョ、汁物の本皮赤だしと、限りなく続くが、撮影しながら完食した。

牡蠣《かき》

〈真牡蠣《まがき》・酢牡蠣《すがき》・牡蠣飯《かきめし》〉三冬　動物

天然のカキは海岸の岩礁に付着しており「牡蠣打」は手鉤で取る。牡蠣船、牡蠣剝く、牡蠣鍋と関連季語が多い。

牡蠣の名は、岩から「掻き落とす」というのが由来であろう。世界の各地で食用とし、薬品、化粧品、建材などにも利用する。殻は、炭酸塩鉱物の方解石《ほうかいせき》を主成分とし、岩や他の貝殻など硬質の基盤に着生する。船底の大敵でもある。筋肉が退化し内臓が多くを占める構造となった。

カキは、約二億九九〇〇万年前からのペルム紀に出現し、極地を除いて分布する。オイスターという英語は、さらに広義で岩に着生する牡蠣に似た貝のことを指す。

美味しいカキが養殖で生産される。日本では筏《いかだ》方式が多く、カキの幼生が浮遊し始める夏の初め、ホタテの貝殻を筏で海に吊るす。それに幼生が付着し、豊かな海に放置しておくと育つ。畠山重篤『森は海の恋人』（文藝春秋、一九九五年）は、豊かな汽水域の恵みは森があってこそという信念から、山に木を植え始めた一九八〇年代からの記録である。

宮城県気仙沼市の唐桑《からくわ》半島は山々に囲まれ、いい漁場である。半島西側の内海の穏やかな海面一帯には、牡蠣や帆立貝の養殖筏が広がっている。養殖筏の見学の後に、牡蠣小屋では鉄板で豪快に焼き、大粒の牡蠣で海の味を楽しむ企画もある。

牡蠣の名産地は多いが、例として、隠岐島前《どうぜん》の海士町《あまちょう》の名物は岩牡蠣「春香」である。生での出荷は全国でも珍しい三月から五月で、身は肉厚でクリーミー、濃厚な味わいの中にもさわやかな甘みを含む。海士町の岩牡蠣は、とりわけ栄養分の豊かな隠岐周辺の水域で養殖される。汚染されていない清浄な海域の外洋で、三年の歳月をかけてゆっくりと育てられる。厳しい生産規格を独自に定め、その規格に収まる岩牡蠣だけに「春香」のブランド名を付けて出荷する。紫外線照射殺菌海水による二〇時間以上の浄化工程が義務づけられている。


牡蠣食べてわが世の残り時間かな　　草間時彦

金目鯛《きんめだひ》

〈錦鯛《にしきだい》〉三冬　動物

キンメダイ目キンメダイ科に属する深海魚である。世界各地の深海に生息する。目が金色に輝き、魚体の色が赤いことから名付けられた。マダイ、クロダイなどのスズキ目スズキ亜目タイ科とは異なる。目が金色であるのは、瞳の奥にタペータム（タペタム）という反射層があり、光を集めているためである。市場では大型ほど全体が赤く、小型は赤が弱い。

旬は冬だが四季を通じてよく脂が乗っているため、煮物にすると特に美味であるほか、白身であらゆる料理に利用できる。身は柔らかく小骨が少ないため、老人や子供にも食べやすい。しかし旬が冬季であるために荒天の影響を受け、漁の安定性が確保できないことや、扱う漁師の減少などのため漁獲高も年々減少している。

体内に含まれる微量の水銀に注意する必要がある。厚生労働省は、キンメダイを、妊婦が摂食量を注意すべき魚介類の一つとして挙げており、二〇〇五年一一月二日の発表では、一回に食べる量を約八〇グラムとした場合、摂食は週に一回までを目安としている。

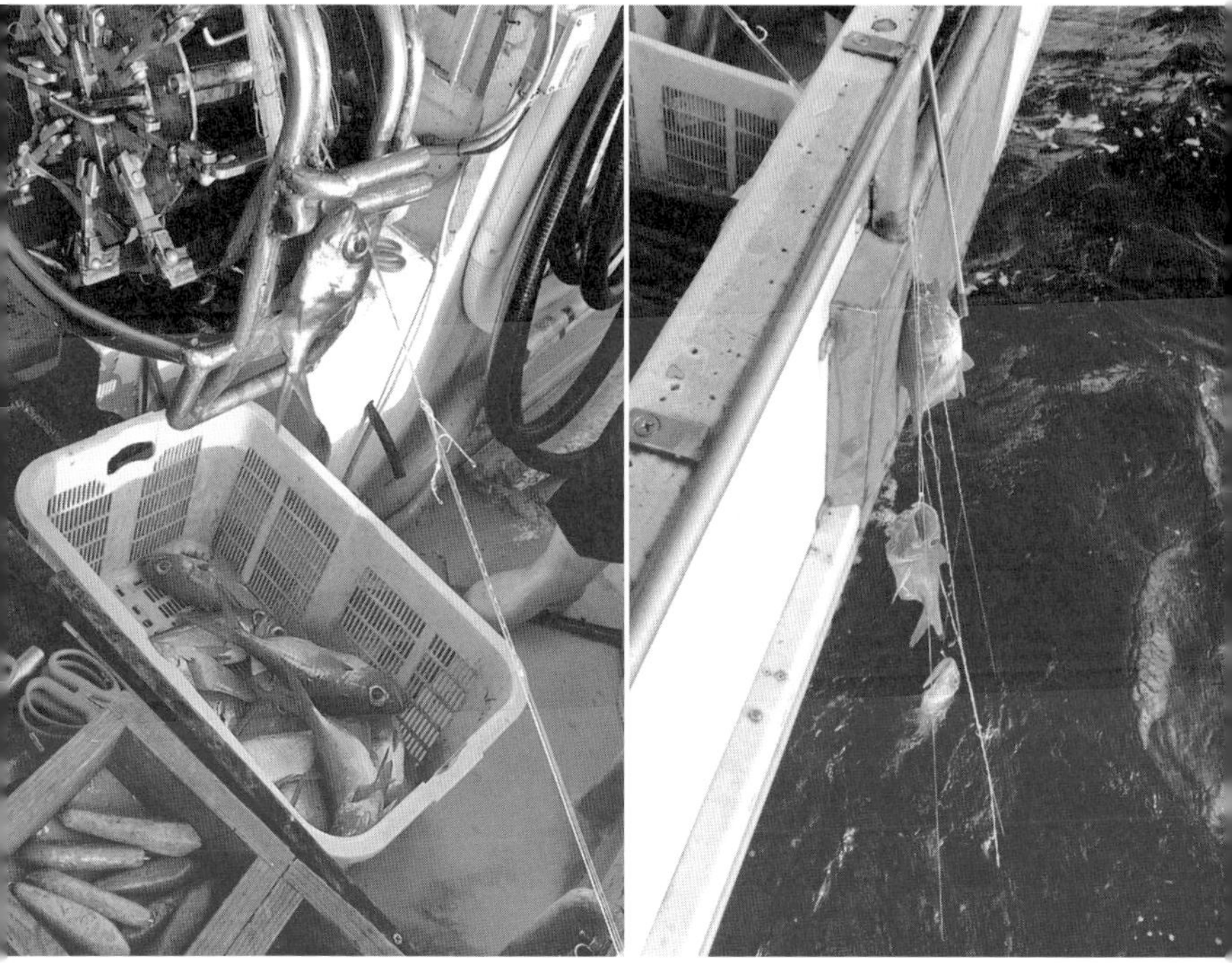

キンメダイ

著者は「室戸応援隊」のメンバーで、金目鯛の写真がほしいと植田壯一郎室戸市長に連絡するとすぐにたくさんの写真が送られてきた。室戸の金目鯛は水深360メートルの深海にいる。室戸は海岸近くの海底が急峻な斜面になっており、深夜に出港して午前中に帰港し、日戻りの金目鯛を午後には味わうことができるという自慢話が添えてあった（写真は翔久丸の漁師三崎翔氏氏による）。

高知県の室戸では、昔から鯨漁が盛んであったが、漁獲量の減少により、その後、遠洋鮪業に主軸が移った。それも、資源保護のため漁を縮小し始めたことにより、室戸の漁は沿岸漁業に移った。沿岸漁業ではおもに目鯛を獲っていた。その漁で時々金目鯛が掛かっていた。最初は漁師も、それを相手にしなかったが試しに食べてみたら脂が乗っていて美味しく、だんだん金目鯛の漁に移っていき、今は「室戸といえば金目鯛」と言われるほど盛んになった。室戸の金目鯛は、西日本一の漁獲高で、近海からの日戻り漁が特徴である。南海トラフからの海のプレートの潜り込みで室戸岬の近くに深海が発達していることによる。金目鯛の照焼きと、季節の刺身をのせた丼が「室戸キンメ丼」として、室戸ユネスコ世界ジオパークの名物であり、全店共通価格一六〇〇円で食べられる。

金目鯛手に黒潮の迅さ言ふ

中村幸子

柳葉魚《ししやも》

〈ししやも〉初冬 動物

シシャモは日本固有種で、キュウリウオ目キュウリウオ科の魚である。川で産卵して孵《ふ》化《か》し、海で成長後にまた川に戻る。これを「遡河回遊魚《そかいかいゆうぎょ》」という。

呼び名は、アイヌ語の「柳の葉の形をした魚」が語源といわれ、北海道産が流通する。アイヌ語では「スサム」で、語源は「スス・シュシュ」（柳）、「ハム」（葉）とする説が有力である。

金沢大学の林紀代美によると（日本地理学会発表要旨集二〇〇五年、「北海道産シシャモの生産・加工販売と地域間関係」）、シシャモの水揚げ量は、十勝、釧路管内で多く、しかも資源量の変動が大きいという。漁獲は遡上、産卵行動にあわせて、例年一〇月上旬から一一月下旬に、太平洋沿岸で時期をずらして操業され、遡上が確認された時点で終了する。北海道勇《ゆう》払《ふつ》郡むかわ町ではシシャモの加工が盛んで、その技術の高さと、柳葉魚の名の由来、神話を背景にして「柳葉魚の町」として高い知名度を誇っている。

年間漁獲量は約一〇〇〇トン程度で、漁獲量の約八五パーセントが道東の釧路、十勝地域である。生息海域の胆振《いぶり》漁業協同組合、ひだか漁協、釧路市漁協などにより漁獲される。遡上のために沿岸に集まった魚を、刺し網漁や流し網漁により漁獲する。一九八〇年代までは、川への遡上個体の漁獲が行われたが、現在川で獲るのは採卵用個体のみである。資源量を維持するため、親魚から採卵した卵を孵化し、稚魚放流が行われる。

鵡川《むかわ》漁協の市場で入札に参加した仲買人は、ほぼ全員が自家で加工し、道外の物産展で販売し、店舗販売や宅配で売る。しかし、地元の味を守り支援するには地元消費者の購買の確保が課題だという。私たちが好む「子持ち柳葉魚」を生産者の子どもは知らないという話をよく聞く。

カネダイ大野商店では、旬の一〇月になると店頭ですだれ干しを販売する。綺麗に縄掛けした柳葉魚が町の風物詩であり、店内のホットプレートで、買った柳葉魚をその場で焼いて食べることができる。

柳葉魚焼く数だけ杯をあけにけり　　尾池和夫

潤目鰯《うるめいわし》

〈うるめ〉晩冬 動物

ウルメイワシは、硬骨魚綱ニシン目ニシン亜目ウルメイワシ属の魚である。地域によって、実に多くの呼び名がある。

潤目鰯の刺身は、鰯類のなかで最も旨みが強いので絶品である。水洗いして手開きにして小骨を抜き、皮を剝く。柑橘類と生姜、または山葵《わさび》を添える。潤目鰯の焼き切りは、三枚におろし、血合いと骨を抜き、皮をあぶったもので、生姜、柑橘類で食べる。潤目鰯の梅干し煮もある。酒、醬油、みりん、水で煮るときに梅干しを加える。酸味があって後味が軽い。

高知県の宇佐では一本釣りで潤目鰯を獲る。水温より高い人の体温で触るとこの魚は火傷して鮮度が落ちる。網であげても魚と魚が触れ合うからストレスで暴れて火傷する。宇佐では魚に触れないように釣りあげ、自動針はずし機を用いて、水面からあがった五秒後に潤目鰯は氷水に収まっている。

水あげしてからは、マイナス四〇度の急速冷凍で芯まで一気に冷凍して鮮度を閉じ込める。まことに弱い魚であり、国字で「鰯」という字が生まれた。中国では「鰮」という字を使うが、鰯の意味で使うようになったのは日本の影響だと言われる。

鰯には、真鰯、潤目鰯、片口鰯の三つの種類があり、脂が乗る時期は鮮魚としても美味しいが、潤目鰯は干物として加工してはじめて美味しさが出る。土佐では一本釣りの潤目鰯を丸干しにする。高級品で、一本五〇〇円ほどの、大き目のものが絶品である。

土佐の丸干しの他に、各地で目ざし、頬ざしが知られている。呼び名も、地方によって異なり、ぎど、めぎら、どこ、とおめ、どんぼ、てっぽうなど、実にさまざまである。酒や米によく合う日本の魚の文化を感じさせる。塩焼きで新米と合わせる獲れたての鰯は秋の季語、よく枯れた潤目鰯の干物は冬の季語である。

おんちゃんのうるめぢやないといかんきに

尾池和夫

門田鰹節本店の「うるめ」

高知市大橋通にある有限会社門田鰹節本店の門田往子店主は、明治20年創業以来の本物の味を届けることを常に目指している。先人の知恵に倣う鰹節づくり、鰹節の使い方、そして新しい食の提案を課題として店に商品を並べる。とりわけその中で冬の味覚の「うるめ」が目立つ。そしてもちろん土佐の枯本節が並ぶ。私は妻の好物である沖うるめも必ず買う。

大根《だいこん》

〈大根《だいこ》・大根《おおね》・青首大根《あおくびだいこん》・大根畑《だいこんばたけ》〉三冬　植物

　ダイコンは、中央アジア原産とみられるアブラナ科の二年草である。おもに多汁で多肉質の長大な根を食べる。葉にたいへん栄養があり、葉も食べるように無農薬のものを選ぶ。根の形と大きさは種類によって多様で、桜島ダイコンなどは直径三〇センチ、重さ一五キロ余りのものも珍しくない。沢庵漬けをはじめとして漬物の材料としても欠かせない。「おほね」「すずしろ」は古名。「だいこ」とも言う。

　ダイコンの野生種はまだ見つかっていない。したがって原産地も確定されていない。地中海地方や中東など諸説ある。栽培種は中央アジアが起源地の一つと考えられる。紀元前二二〇〇年の古代エジプトで、今の二十日大根に近いものが、ピラミッド建設労働者の食料とされていた。これが最古の栽培記録とされる。その後、ユーラシアの各地へ伝わった。中国には西域から伝わったと見られる。紀元前四世紀に記録がある。ヨーロッパ各地への普及は、一五世紀になってイギリスで栽培されるようになり、フランスでは一六世紀頃から栽培された。

日本には弥生時代に大根が伝わった。『日本書紀』にも記され、仁徳天皇の歌に「於朋《おほ》泥《ね》」として登場するのが最も古い記録である。平安時代中期の『和名類聚抄《わめいるいじゅしょう》』巻一七菜蔬《さいそ》部には、園菜類として「於保禰《おほね》」が挙げられている。一般には江戸時代から食べられ、江戸時代前期にはいくつかの品種の成立と栽培法が確立した。江戸近郊である板橋、練馬、浦和、三浦半島あたりが特産地となり、その中で練馬ダイコンは特に有名であった。

ダイコンの葉は栄養価が高く、春の七草にもある（スズシロがそれにあたる）。炒めると栄養の吸収が良い。間引き菜も野菜として利用する。葉の部分は緑黄色野菜で、β－カロテン、ビタミンA、ビタミンC、カルシウム、カリウム、鉄分などが豊富に含まれる。鉄、カリウムなどのミネラル類は、根茎部の二から一〇倍も含む。野菜から摂りにくいビタミンEも豊富で、ビタミンCも根茎部の数倍ある。

大根の青首がぬと宇陀郡

大石悦子

年の暮れ・新年

除夜の鐘
餅搗
節料物
数の子
かまくら
喰積
歯朶

除夜《ぢよや》の鐘《かね》

年の暮れ 行事

除夜の鐘は多くの寺で一〇八回撞《つ》く。この「一〇八」という数の由来がいろいろある。一〇八は煩悩の数である。眼《げん》、耳《に》、鼻《び》、舌《ぜつ》、身《しん》、意《い》の六根《ろっこん》のそれぞれに、好《こう》、悪《あく》、平《へい》があり、これらに浄《じょう》、染《せん》の二種類があり、これら三六に前世、今世、来世の三世があって一〇八となる。その他、一年の月数、二十四節気《せっき》、七十二候を足して一〇八となり、一年を表す。

除夜の鐘を撞く前、鐘に向かって合掌する。一〇八のうち一〇七回は旧年に撞き、残りの一回を新年に撞く寺もあるが、さまざまで、年明けと同時に一回目が撞かれる寺も少なからず存在する。

日本三大梵鐘《ぼんしょう》の一つ、京都の知恩院の大鐘がある。知恩院第三二世の雄誉霊巌《おうよれいがん》上人（在住期間一六二九〜四一）が、檀信徒《だんしんと》に寄進を呼びかけ、一六三六（寛永一三）年に、高さ一丈八寸（約三・三メートル）、直径九尺二寸（約二・八メートル）、厚さ九寸五分（約三〇センチ）、重さ一万八〇〇〇貫（約七〇トン）という鐘を完成させた。この大鐘には「南無阿弥陀仏」

の名号と鋳造者《ちゅうぞう》の銘を記すのみで、鋳造の来歴や鋳造者の功績は記されていない。後の論難、災いを避ける配慮とされる。

日本の鐘は、口径が狭くなっている。口径が大きいほど低い音が出て、口径が小さいほど高い音になる。また、音色が重厚で長い余韻を残すのが特徴で、一打の後に余韻とうなりの重なりがしばらく続く。

除夜の鐘の音を分析した高倉優理子の「黛敏郎《涅槃交響曲》と《曼荼羅交響曲》の成立過程比較――「Campanology資料」の分析を中心に――」という論文がある。作曲家の黛《まゆずみ》敏郎《としろう》は、梵鐘音振動数データを用いてこれらを作曲したが、「涅槃交響曲」では基礎和音が和音の原形または移高形で構成されているのに対して、「曼荼羅交響曲」では梵鐘倍音の構成音における規則性をもとに音列を作成し、それを積み重ねて基礎和音を作成し、それぞれに異なってはいるが、梵鐘倍音の規則性をいくつかの角度から分析して表現手法に取り入れたと結論づけている。

また一つ風の中より除夜の鐘　　岸本尚毅

餅搗《もちつき》

〈餅《もち》・餅米洗《もちごめあら》う・餅搗唄《もちつきうた》・賃餅《ちんもち》・餅筵《もちむしろ》・餅配《もちくばり》〉年の暮れ 生活

◆飾臼《かざりうす》 新年 生活

　餅搗の手順に従って季語が、用意することから餅を配るときまで並ぶ。餅搗の前の夜、糯米《もちごめ》をしっかり研《と》ぎ、たっぷりの水に一晩つけておく。分量は大人一人あたり一合である。水温の低い冬場は一〇時間以上浸す。石臼の台座を安定な場所に置き、石臼を水平に置く。石臼は約四〇キロある。杵《きね》の頭の先一〇センチを一晩水につけておく。これをやらないと杵が割れる。糯米を笊《ざる》に上げて水を切る。石臼を温める湯を沸かす。石臼は一二〇度以上で割れるので湯以外で温めてはいけない。湯で最初に石臼を温めるには熱湯いっぱいで一五分かかる。竈《かまど》を置いて羽釜と焜炉《こんろ》をセットし、八分目に水を入れて沸騰させる。蒸し布を五分ほど煮沸《しゃふつ》する。蒸籠《せいろ》に竹すだれを敷き糯米をドーナツ状に入れる。

沸騰したら蒸し布で糯米を包むように蓋をして蒸す。三〇分ほどで蒸し上がる。続ける場合は一〇分ほどずらして二段目、三段目を積む。羽釜の湯の量、蒸し加減を確認する。蒸し上がった糯米を石臼に移し、杵で潰してこねる。腰を入れ体重をかけて臼の周りを回りながら潰す。潰しておかないと杵でついた時に米が飛び出す。杵は持ち上げた杵の重さを自然に落とす。合いの手は餅をたたむように中心に集める。途中で餅全体をひっくり返す。

中国の広東省、福建省、江西省、貴州省、ラオスなどのミャオ族などに、杵と臼による餅搗が残る。中国語で「打糍粑」（ダーツーバー）と言う。親戚や近所の人が集まる行事である。日本では、正倉院文書に各種の餅の記録が残っている。大豆餅、小豆餅の他、胡麻油を用いた煎餅《せんべい》、飴を用いた「布留《ふる》」など、この時点ですでに多様化していることがわかる。古来、神への供え物として祭や慶事の際に餅が用いられてきた。江戸時代には婚礼、小正月、節供《せっく》、不祝儀、建築儀礼（棟上《むねあ》げ）に供え、贈答用として利用された。

あかねさす近江の国の飾臼

有馬朗人

節料物《せちれうもの》

〈節料米《せちりょうまい》・節米《せちごめ》・年取米《としとりまい》・年《とし》の米《こめ》・節料《せちりょう》〉年の暮れ 生活

正月を迎えるための白米、その他の食材をいう。また、正月料理を盛り付ける特別の膳や椀などをいう。ご馳走を神仏とともにいただきながら正月を祝う。いただくときの箸は祝箸《いわいばし》で、長さは八寸、両端を細く削った丸箸で、柳の木で作られている。八という字が末広がりに似ている。

両端を削った箸は、両口箸、俵箸とも言われる。片方は人が食べるため、もう一方は神が食べるためである。「神人共食」という。柳の木は、雪が積もっても折れず、水で清めた神聖な木が邪気を払う。俵の形は五穀豊穣を願う意味が込められている。子孫繁栄を願って孕《はら》み箸、太箸《ふとばし》とも呼ばれる。

祝箸の箸袋には名前を書く。大晦日に家長が家族の名をそれぞれ書き、箸を神棚に供える。家長の箸には主人と書き、家族のものには名を書き、来客用には「上」と書く。取り箸には、「海山」「組重」と書く。松の内は同じ箸を使う。

節料には、節の行事に用いる食材の費用のことをいう意味もある。節供（節句）は、年中行事を構成する日で、年に何回かある重要な折り目のことである。基本的には神祭をする日で、迎えた神に神饌《しんせん》を供して侍座《じざ》し、あとで神人共食することによってその霊力を身につけようとするものである。氏神祭や正月、盆も重要な節供と言える。小豆粥を食べる正月一五日を粥節供、稲刈り終了の日を刈上げ節供、新年のための薪を伐る「年木伐り」の日を柴節供などといって祝う地方がある。これらの日がハレの日と考えられている。

正月七日（人日《じんじつ》）、三月三日（上巳《じょうし》）、五月五日（端午《たんご》）、七月七日（七夕《しちせき》）、九月九日（重陽《ちょうよう》）の五節供（五節句）は中国から伝えられ、江戸時代に民間に普及したものである。現在みるこれらにも、なんらかの神祭の意味を認めることができる。なお、節供の語は節の日の供え物がその日を代表するようになったとする考えがあり、御節料理は正月に限らず本来は節の日一般の食べ物を指す語だったと言われている。

年取が済みて炬燵に炉に集ひ　高野素十

数《かずのこ》の子

新年 生活

数の子は、鰊（ニシン）の魚卵である。近世までニシンを「かど」と呼んでいて、「かどの子」が訛《なま》って「数の子」になった。雌の腹から取り出した卵の塊を、天日干しまたは塩漬けにしたものを食用とする。卵の一粒は非常に細かいが、無数の卵が相互に結着しているために全体として長さ約一〇センチ、幅約二センチの細長い塊となっている。

ニシンが昆布に卵を産みつけたものが「子持ち昆布」である。珍味としてそのまま食用とし、寿司にも利用される。

日本市場で流通するのは干し数の子、塩蔵数の子、味付け数の子に分類される。日本以外の地域では、日本に輸出を開始する以前は、数の子をすべて廃棄していた。室町幕府一三代将軍・足利義輝《あしかがよしてる》に数の子が献上されたという記録がある。正月の料理や結納《ゆいのう》で、数の子が子孫繁栄を連想させるために縁起物として用いられた。昔の数の子は、干し数の子が一般的であり、塩蔵数の子が作られ始めたのは二〇世紀になってからである。

数の子にはコレステロールが含まれるが、それを消し去るだけのエイコサペンタエン酸（EPA）を含んでいる。食べてコレステロール値が減少するという結果もある。プリン体は僅かしか含まれていない。

戦前、鰊の豊漁によって、鰊御殿と鰊番屋ができた。今、いくつかの鰊御殿が文化財や商業施設として復元され、名所となっている。例えば、旧猪俣安之丞《いのまたやすのじょう》邸（銀鱗荘《ぎんりんそう》）は、小樽市にあり、名実ともに鰊御殿としての風格を現在に伝えている。旧青山政吉《あおやままさきち》邸（小樽貴賓館）は、小樽市祝津《しゅくつ》三丁目にあり、別邸と称されるように建築当初は隠居用であり、桑材を一部使用しており他に類例がない。

「渡《わた》り漁夫《ぎょふ》」の季語は、春先の鰊の漁期に東北地方の農民が北海道へ出稼ぎに渡ったことを詠んだ。また、産卵期に北海道西岸に大群で鰊が寄ってきて、「鰊群来《にしんくき》」という季語もあるが、今ではいずれも実在しない景となった。

数の子や昼酒いつか夜《よ》となりぬ　　角川春樹

かまくら

新年 生活

秋田県横手市を中心に行われる小正月《こしょうがつ》の行事である。横手市のかまくらは水神信仰と結びつく。現在では二月一五日、一六日に行われる。雪室《ゆきむろ》の中に水神を祭り、子どもたちが火鉢で温めた甘酒を道行く人にふるまう。横手のかまくらの作り方は、雪を積み重ねて踏んだりシャベルで叩いたりして固めた後、雪を掻き出して、空洞と出入り口を作る。一人用は直径二メートル、四人から五人入れる大型は、直径三・五メートルを目安とする。壁は十分な厚さを持たせる。観光化して設置数が増えたため、人や自動車の往来を妨げないよう、椀型から細身に形が変化した。普段は農業に従事し、かまくら作りを得意とする職人が一六人いるという。

かまくらは、京都御所清涼殿《せいりょうでん》で行われていた天皇の書き初《かぞ》めの吉書《きっしょ》を焼く左義長《さぎちょう》の遺風をうつしたものといわれる。六郷《ろくごう》のかまくらは、約七〇〇年の歴史があり、国の重要無形民俗文化財となっている。美郷町六郷地区で、八〇二（延暦二一）年に征夷大将軍・坂《さかの》上田村麻呂《うえのたむらまろ》が創建したという秋田諏訪宮《すわぐう》の小正月の神事として行われる。

角館町《かくのだてまち》の「火振《ひぶ》りかまくら」は、雪の竈《かまど》で燃やした薪の火を俵に移して振り回す。仙北《せんぼく》市角館町の小正月行事で、雪の中に華麗な火の輪が踊る幻想的な祭で、次つぎとできる火の輪が冬の夜の風物である。雪で作った竈に薪を入れて燃やすことから祭が始まり、高さ五メートルの長木に稲藁などを巻き付けて雪に立てた天筆《てんぴつ》に火をつける。門松などを焼き、一年の無事を祈る。火振りは炭俵に一メートルの縄を付け、竈からその俵に火をつけて縄の先端を持ち、自分の体の周囲を振り回し、無病息災や家内安全などを祈る。

新潟県中越地方では、雪洞《せつどう》や行事のことを「ほんやら洞」という。毎年二月に行われる小千谷《おぢや》市山谷《やまや》、坪野《つぼの》地区の「山谷・坪野ほんやら洞まつり」、南魚沼市の「六日町温泉ほんやら洞まつり」が有名である。「ほんやら洞」の行事の内容は、秋田県の六郷のかまくらと同様、子どもたちが雪で室を作り、水神様を祭り、鳥追いの歌を歌う。

かまくらの入口沓の凭《もた》れあふ　片山由美子

喰積《くひつみ》

〈重詰《じゅうづめ》・節料理《せちりょうり》・お節《せち》〉新年 生活

高知県の中山間地で、平家の落人《おちうど》の子孫が住む谷相《たにあい》という場所でわたしは幼少期を過ごした。その谷相で年越しの行事として守られていたことの中で、食べ物に関することをよく覚えていて、わたしの家では今でもその伝統を守っている。母も亡くなった今、伝えるのはわたしたち夫妻の役目になった。平家の落人が伝えたのか、土佐の山間部で生まれたのかは知らないが、伝統には何かの意味がこめられているのは確かであるから、絶えないように伝えたいと思っている。

年越しは、まず大晦日の夕食に「おせち」を食べることから始まる。除夜の鐘を聞くときには年越しそばを食べ、元日の朝には屠蘇《とそ》を祝い、重箱の正月料理をいただき、雑煮を食べる。

我が家に伝わる「おせち」の内容は、要するに煮しめである。具は七種類と決まっている。まず中心になるのは鰤の切り身である。あとは大根、人参、牛蒡《ごぼう》、昆布、こんにゃく、里芋である。これらをすべて食べなければならない。

山形県米沢市の士族の家の膳は、海の幸をぜいたくに使っている。長野県の大鹿村では天然鰤を使う。沖縄県知念村《ちねんそん》の「年取り振る舞い」の主役は豚肉である。裕福な家では一頭丸ごと使うという。

茶人の年越しは除夜釜《じょやがま》で楽しむ一服の茶とともにいただく点心《てんしん》である。高知県立大学の松崎淳子名誉教授の家の煮しめもある。具は、鯨の赤身肉、人参、大根、牛蒡、里芋、糸昆布、こんにゃくである。味付けは薄口醬油と砂糖、鯨は煮しめの中心となる「大魚」である。わたしの家に伝わる「おせち」とほとんど同じである。

歳時記の説明では、喰積は、もともとは年賀の客をもてなすための儀礼的な取り肴で、三方に縁起物を積み上げたものであった。現在では重箱に昆布巻き、田作《たづくり》、きんとん、叩き牛蒡、煮しめ、膾《なます》、数の子などの料理を詰めた節料理である。


伊勢海老の髭をさまらず節料理　後藤比奈夫

歯朶《しだ》

〈羊歯《しだ》・裏白《うらじろ》〉新年 植物

季語の歯朶は、正月の裏白のことである。葉の表は緑で裏が白である。葉が対になっているので諸向《もろむき》とも言う。夫婦和合の象徴とされる。裏が白いのを白髪の長寿になぞらえ、齢《よわい》を延《の》べる縁起物として、注連縄《しめなわ》やお飾りに使う。

ウラジロの学名（*Gleichenia japonica*）には日本の名が付いている。シダ植物門ウラジロ科に属するシダで、南日本に生育する。地下茎は細くて硬く、這い回って大きな群落を作る。葉柄《ようへい》は硬くて滑らかで真っすぐに立ち上がる。一年目には先端に渦巻き状の芽が一対出る。これが一二〇度位の角度で、初めは上に向けて葉を伸ばし、葉が広がると水平から先端が垂れ下がる。葉は二回羽状複葉に切れ込みが入る。小葉は細長い楕円形、基部は幅広く小軸につく。胞子嚢《ほうしのう》群は小葉の裏に列を成してついている。葉の表は非常に艶があり、裏面は粉を吹いて白っぽくなっている。

二年目以降には、先年に出た二枚の葉の間から、葉柄をさらに伸ばし、その先端から新たに二枚の葉が出る。このようにして毎年葉を伸ばし、葉の段が積み上がっていく。日本本土では三段くらいで終わる。地上から上に伸びた葉柄と、段になってつく羽片全部をまとめて一枚の葉であるが、その先端は、原理上無限に伸びることができる。

羽片の長さは本土では一メートル足らずであるが、沖縄の湿潤な場所では大きくなり、両側の羽片を合わせれば、差し渡し三メートを超える。これを取り寄せて飾ると長寿になるかもしれない。

正月の門松は先祖の霊を招き寄せる「依《よ》り代《しろ》」とみなす人もいる。裏白は群がって生育するので先祖の霊魂が宿っている場所と信じられてきた。悪霊を払う霊力が宿っているとも信じられており、徳川家康の兜の前立《まえだて》の裏白のように、鉄で作った装飾が使われた。

裏白のひと荷の婆や浄瑠璃寺　　宮坂静生

あとがき

『淡交』の二〇二〇年七月号から一二月号まで、六回にわたって「季節のことばを科学する」というシリーズを掲載していただいた。その内容の一部もこの本に再録した。『淡交』は、裏千家茶道の機関誌であり、茶の湯を中心とする日本文化を総合的に紹介する月刊茶道誌である。その読者からも「季節のことばを科学する」は、たいへん好評で、このことが、茶の湯と季語の出会いの意味を考える機会となった。

また、俳人協会から全国の俳句結社誌に送られた版下による「季語つれづれ」およびそれに続けて『氷室』に掲載中の「季語つれづれ」(番外編)もこの本のもとになった。

約一〇〇万年前、伊豆半島が南から接近してきて本州を押し始めた頃から、京都盆地の歴史が始まった。東西に圧縮される岩盤に亀裂が入り、活断層運動で隆起する西山や東山から、浸食された土砂が沈降する盆地に流れ込んで分厚い堆積層が発達し、その堆積層には豊富な地下水が蓄えられるようになった。一三〇〇年ほど前、秦氏が松尾大社や伏見稲荷大社を祀って京都盆地に町ができ、平安京ができて都が発展した。その盆地の地下水から茶の湯の文化が生まれ、和食と酒をはじめとする「変動帯の文化」が育まれた。

豊富な地下水は夏の蒸し暑さをもたらし、北山を越える時雨が盆地の底冷えをもたらして、楓や桜の見事な紅葉が京都盆地の秋を彩り、地形と気候と人びとの暮らしが相まって、四季折々のめりはりのきいた風景の変化を京都盆地にもたらし、そこから四季の概念と季語が生まれた。

茶の湯の文化を伝える淡交社から、この『季語の科学』が出版されるのは、大地のしくみがもたらす必然のようにも思える。全体にわたって、株式会社淡交社編集局の萩野谷龍悟さんに、多くの貴重な助言をいただいたことに深く感謝する。

この本では、季語の選択と表記は、角川書店編『角川俳句歳時記 第五版』(二〇一八年)に準拠し、その他、宇多喜代子、茨木和生、櫂未知子、片山由美子、夏井いつきの季語に関する著作を参考にした。また、Wikipediaなどのウェブサイトを適宜参考としつつ、原典を確認するためには、Google Scholarを用いて検索した。インターネット歳時記の『きごさい歳時記』には、実証的見解や藤吉正明による科学的見解という項目があり、比較的詳しい解説がある。これらも適宜参照した。

それらを含め、参考文献に記した書籍を参考にした。記して謝意を表する。

参考文献

井上弘美『季語になった京都千年の歳事』KADOKAWA、二〇一七年
茨木和生『西の季語物語』角川書店、一九九六年
茨木和生『季語の現場』富士見書房、二〇〇四年
岩槻邦男編『日本の野生植物―シダ 新装版』平凡社、一九九九年
岩槻秀明『最新版 街でよく見かける雑草や野草がよーくわかる本』秀和システム、二〇一四年
宇多喜代子『古季語と遊ぶ―古い季語・珍しい季語の実作体験記』角川選書、二〇〇七年
宇多喜代子『暦と暮らす―語り継ぎたい季語と知恵』NHK出版、二〇二〇年
榎本好宏『季語成り立ち辞典』平凡社ライブラリー、二〇一四年
尾池和夫『四季の地球科学―日本列島の時空を歩く』岩波新書、二〇一二年
尾池和夫『変動帯の文化―国立大学法人化の前後に（京都大学総長メッセージ二〇〇三―二〇〇八）』京都大学学術出版会、二〇〇九年
岡田恭子『食べる野草図鑑―季節の摘み菜レシピ一〇五』日東書院本社、二〇一三年
岡林一夫・中島肇編『京都お天気歳時記』かもがわ出版、一九八七年
櫂未知子『季語の底力』NHK出版、二〇〇三年

櫂未知子『季語、いただきます』講談社、二〇一二年
片山由美子『季語を知る』角川選書、二〇一九年
角川書店編『角川俳句歳時記 第五版』角川ソフィア文庫、二〇一八年
上村登『なんじゃもんじゃ―植物学名の話』北隆館、一九七三年
小泉武夫『くさいはうまい』文春文庫、二〇〇六年
新海均『季語うんちく事典』角川ソフィア文庫、二〇一九年
夏井いつき『絶滅寸前季語辞典』ちくま文庫、二〇一〇年
夏井いつき『絶滅危急季語辞典』ちくま文庫、二〇一一年
林将之『秋の樹木図鑑―紅葉・実・どんぐりで見分ける約四〇〇種』廣済堂出版、二〇一七年
牧野富太郎『牧野日本植物図鑑』北隆館、一九四〇年
宮坂静生『季語の誕生』岩波新書、二〇〇九年

【は】

索引

本書に掲載の見出し季語、関連季語の現代仮名遣いによる索引です。
その他、本文で言及された季語も、一部を採録しています。
太字は見出し季語です。

尾池和夫［おいけ・かずお］

地球科学者。専門は地震学。京都大学博士(理学)。1940年東京に生まれ高知で育ち、土佐高等学校を卒業。63年に京都大学理学部地球物理学科を卒業後、同防災研究所助手、助教授を経て、88年に理学部教授。京都大学第24代総長を退任後、京都芸術大学学長、静岡県立大学学長などを務めた。

地震学会委員長、日本ジオパーク委員会委員長、内閣の東京電力株式会社福島第一原子力発電所における事故調査・検証委員会委員、日本学術会議第23期外部評価有識者会議座長などを歴任。


『中国の地震予知』（NHKブックス、1978年)、『日本地震列島』（朝日文庫、1992年)、『日本列島の巨大地震』（岩波科学ライブラリー、2011年)、『四季の地球科学』（岩波新書、2012年）など専門分野の著書多数。

氷室俳句会を主宰し、句集に『大地』（角川書店、2004年)『瓢鮎図』（角川書店、2017年）がある。俳人協会評議員を経て現在同名誉会員。

写真　高橋保世
装訂　ザイン

季語の科学

令和３年３月６日　初版発行
令和６年10月11日　２版発行

著　者　　尾池和夫
発行者　　伊住公一朗
発行所　　株式会社 淡交社
［本社］〒603-8588 京都市北区堀川通鞍馬口上ル
営業　075-432-5156　編集　075-432-5161
［支社］〒162-0061 東京都新宿区市谷柳町 39-1
営業　03-5269-7941　編集　03-5269-1691
www.tankosha.co.jp
印刷・製本　TOPPAN クロレ株式会社

ISBN978-4-473-04458-7